सातवाँ आसमान

(कहानी संग्रह)

महीपाल सिंह

डायमंड बुक्स

www.diamondbooks.in

प्रकाशक : डायमंड पॉकेट बुक्स (प्रा.) लि.
X-30 ओखला इंडस्ट्रियल एरिया, फेस - II
नई दिल्ली- 110020
फोन : 011-40712200
ई-मेल : wecare@diamondbooks.in
वेबसाइट : www.diamondbooks.in
संस्करण : 2024

Satwan Aasman (Kahani Sangrah)
by *Mahipal Singh*

हमारे प्रेरणास्रोत
श्री एन.पी. सिंह (समाज सेवी)

प्रेरणास्रोत :

मार्गदर्शक - एन पी सिंह

प्रबंध निर्देशकः

इंडियन इंडस्ट्रियल सिक्योरिटी सर्विसेज प्राइवेट लिमिटेड

ए 4/144 न्यू कोंडली न्यू दिल्ली 110096

फोन. 011-22622116

एडिटर एंड डायरेक्टरः

सावन कुमार सिंह

साभार :

शशी चौहान

डॉ. आकांक्षा चौहान

डॉ. छवि सिंह

लीगल एडवाइजरः

उमंग कुमार सिंह (एडवोकेट)

नृपेश कुमार सिंह (एडवोकेट)

कंप्यूटर कार्य :

मणि रॉय एवं रवि सिंह

हमारे आदर्श

Dr. Ashok K. Chauhan

Founder President-Amity Education Group

सावन की छवि

पुत्र एवं पुत्रबधू को शुभकामनाओं के साथ समर्पित

प्राक्कथन

नमस्कार मित्रों,

प्रस्तुत पुस्तक 'सातवाँ आसमान' मानव व्यवहार पर आधारित साहित्यिक कहानियों का एक संग्रह है। पहली कहानी 'अजेय', योगी जी पर लिखी गई है। हम अधिकांशतः अच्छे इंसानों की कमियों को ढूंढते हैं और उन पर शीघ्र विश्वास कर लेते हैं। किसी बुरे इंसान में भी कोई विशेष गुण हो सकता है। यह हमारी दूसरी कहानी 'ग्रेच्युटी' में दर्शाया गया है। तीसरी कहानी 'हाथी हारा बैल से' कर्मों पर आधारित हाथी और बैल की लड़ाई की एक कहानी है, जिसमें दर्शाया गया है कि हमें अपने कर्मों का फल अवश्य भोगना पड़ता है और कोई भी युद्ध ताकत के साथ ही हिम्मत से भी जीता जाता है। 'मुठभेड़' नोएडा के दो पत्रकारों की कहानी है, जिन्होंने किसी निर्दोष की जान बचाई। इसमें वर्तमान मीडिया और अतीत की मीडिया का अंतर दर्शाया गया है। 'पांच रुपये में पोता लो' तथा 'लंघते जाओ' हिमाचल प्रदेश की पृष्ठभूमि पर आधारित साहित्यिक रचना है। कहानी 'ऐ आदमी' एक चिम्पैंजी और लंगूर की कहानी है जिसमें दर्शाया गया है कि किसी भी इंसान को स्वयं को प्रत्येक बार पतन से रोकना होगा। यदि एक बार वह किसी व्यसन की सीमा लांघ जाता है, तो पाप की परिधि में प्रवेश कर जाता है। किसी इंसान को अच्छा होना चाहिए और अच्छा दिखना भी चाहिए। कहानी 'मुआवजा' सैक्टर दस की एक बुग्गी वाले की कहानी है। कहानी 'सातवाँ आसमान' बिलंब से होने वाले विवाह पर लिखी गई है। 'पहली होली' प्रेम पर आधारित एक लघुकथा है। 'बेल का पेड़' दो हिस्सों में लिखा एक नाटक है। यह देर से होने वाले विवाह

एवं विच्छेद पर आधारित है। जो समस्या आज है वह कल भी रहेगी ऐसा आवश्यक नहीं है। थोड़ा और सहन कर लें तो शायद कष्ट से बच सकते हैं। कहानी 'बापू-सासाराम' एक अध्यात्मिक कहानी है। इसमें कहा गया है कि हम किसी कथावाचक अथवा संत की केवल प्रस्तुति पर ध्यान दें और उसके व्यक्तिगत जीवन के अंदर न झांके। कहानी 'प्रेमगंगा' राधा और कृष्ण की देवलोक की कहानी है जिसमें कान्हा और द्वारकाधीश का अंतर दर्शाया गया है। 'राजगद्दी' भी श्रीराम एवं उनके भाईयों के बीच देवलोक में हुआ वार्तालाप है। 'जानकी' मोबाइल में व्यस्त रहने पर लिखी एक लघुकथा है। 'अद्भुत नरेंद्र' लेखक ने अपने बड़े भाई को समर्पित की है। कहानी 'वो फोन किसका था' साइबर क्राइम पर आधारित गजरौला की कहानी है। 'तोताराम' एक तोता एवं मैना की एक साहित्यिक कहानी है। कहानी 'राक्षसों की पंचायत' में रावण के गुणों पर रोशनी डाली गई है। मेरी चित्रकूट यात्रा, लेखक ने धर्मस्थलों के बारे में अपना अनुभव साझा किया है। 'बैंगन नहीं खाऊँगा' यूं तो एक हास्य कथा है, परंतु इसमे बैंगन के गुणों को हंसते-हंसते दर्शाया गया है। पुस्तक की अंतिम कहानी 'नामर्द पति' आधुनिक परिवेश में पति-पत्नी के संबंध विच्छेद को बचाने के संदर्भ में पत्नी के सम्मान पर लिखी है। इस प्रकार पुस्तक में पुरानी एवं नई पीढ़ी को ध्यान में रखते हुए समाज का सम्पूर्ण ताना-बाना प्रकाशित किया है। साहित्य अत्यधिक गंभीर न हो इस आशय से कहीं-कहीं हास्य विनोद का सहारा भी लिया गया है।

धन्यवाद !

(लेखक का आशय किसी की भावनाओं को ठेंस पहुंचाना नहीं है। अधिकांशतः रचनाएं काल्पनिक हैं। यदि किसी की भावनाओं को ठेंस पहुंचती है तो लेखक बिना शर्त क्षमाप्रार्थी है। किसी भी वाद-विवाद की स्थिति में न्यायालय क्षेत्र जिला गौतमबुद्धनगर होगा।)

नाम : **महीपाल सिंह**

जन्म : 7 मई, 1966

ग्राम : रामूवाला शेखू (ठाकुरद्वारा) मुरादाबाद

शिक्षा : एम ए (समाजशास्त्र)

कार्यकलाप : सिक्योरिटी सर्विसेज के क्षेत्र में कार्यरत ग्रुप ऑफ कंपनीज में डाइरेक्टर। कई सामाजिक संगठनों एवं आर डब्ल्यू ए के अध्यक्ष के रूप में कार्य करने का अनुभव। सिक्योरिटी एवं स्मार्ट सिटी पर लेख प्रकाशित हुए।

लेखक की पुस्तक डायमंड प्रकाशन द्वारा प्रकाशित 'अभिव्यक्ति' की पाठकों द्वारा बहुत सराहना की गई।

रेडियो प्रसारण

अनुक्रम

1

अजेय

एक दिन एक तेज तूफान आया। एक राजा अपनी सेना से भटक गया। उसके सैनिक उसे ढूंढ रहे थे। राजा बहुत परेशान था। तभी जंगलों में एक बुढ़िया मिली। राजा ने विनम्रता के साथ बूढ़ी से पूछा-

क्या तुमने मेरे सैनिकों को कहीं देखा है?

बुढ़िया बोली! हाँ राजन। कोई आधा घंटा पहले आपके दो सिपाही आये थे। उसके कुछ देर बाद आपका वजीर आया था।

अब राजन आप स्वयं आये हैं।

राजा ने आश्चर्यचकित होते हुए पूछा-

माता जी आप यह कैसे पहचानती हो कि पहले वाले सिपाही थे और दूसरी बार आने वाला वजीर और अब मैं राजन?

हे राजन! मैं तो स्वयं ठीक से देख भी नहीं पाती। इंसान को पहचानने के लिए आंखो का खुले रहना ही आवश्यक नहीं है। बंद आंखो से भी इंसान को पहचाना जा सकता है। बोलचाल और भाषा शैली उसका स्तर निर्धारित करती है। पहले आने वाले लोगों ने कहा था कि-

बुढ़िया! तूने इधर किसी राजा को भटकते हुए देखा है क्या? जल्दी बता, और एक तरफ हट गया। जब उसके बाद दूसरा आदमी आया तो उसकी भाषा में कुछ विनम्रता थी। और अब आप आयें है, तो आपका व्यवहार और अधिक सौम्य है। इस सबसे मैंने आपको समझ लिया। राजन अभी तूफान के आने की और भी संभावना है। मेरा अनुरोध है कि आज रात आप हमारे घर पर ही ठहर जाइए। जब सुबह तूफान पूरी तरह थम जाये तो चले जाना। राजा ने रात उसके परिवार के साथ बितायी।

उस बुढ़िया का पति उस वनखंड का रक्षक था। एक युवा अविवाहित बेटा था।

अभी तक अपने इस बेटे का विवाह नहीं किया माता जी? राजा ने बुढ़िया से पूछा

बुढ़िया ने बताया कि–

राजन! जंगल में विचरण करने वाली प्रजातियों के विवाह-शादी की प्रथा ही कुछ और है। यदि कोई लड़का जंगल में मधुमक्खी का छत्ता तोड़ने के लिए पेड़ की ऊँची शाखा पर चढ़ जाता है, तो घर का मुखिया उसका विवाह तय कर देता है। और यदि वह दिवार फांदकर चोरी करने का प्रयास करने लगता है, तो उसका विवाह बहुत शीघ्र कर दिया जाता है।

हमारे इस बेटे अजेय का मिलना-जुलना अक्सर जंगल के उन कबीलों से होता तो है, पर न तो वह कभी दीवार लांघता और न ही कभी पेड़ पर मधुमक्खी का छत्ता तोड़ने चढ़ता है। शाकाहारी भोजन करता है। दूध-दही खाता-पीता है और व्यायाम करता है। वनचर समुदाय के बीच ही खेलता-कूदता। जंगल के बाकी युवाओं की तरह इसने कभी धनुष-बाण या तलवार, भाले नहीं उठाए। शायद इसीलिए कई बरसों तक किसी का ध्यान उसके विवाह पर भी नहीं गया।

अगले दिन सुबह तूफान शांत हो गया था। राजा के सैनिक ढूंढते-ढूंढते राजा के पास पहुँच गए थे। राजा ने पूरे परिवार का धन्यवाद किया और कहा कि-

आपका हम पर बहुत उपकार है। यदि आप अपने बेटे को हमें दे दें तो हम इसे अपनी सेना में भर्ती कर लेंगे। परिवार ने अपने उस पुत्र को राजा के साथ भेज दिया। वह युवक बहुत ही कर्तव्यनिष्ठ होकर काम करने लगा। उसकी लगन और कर्तव्यपरायणता को देखते हुए राजा ने उसे अपना वजीर नियुक्त कर दिया। हमेशा हंसता और प्रसन्नचित्त रहता। राज्य की जनता वजीर के कामों से खुश थी। गुंडों की तो शामत आ गयी थी। एक के बाद एक बदमाश का खात्मा होता जा रहा था। जनता ने उसको अजेय कहना शुरू कर दिया था। अजेय की लोकप्रियता देखकर कुछ विरोधी उससे ईर्ष्या करने लगे थे। एक दिन कुछ लोग राजा से जाकर बोले कि-

साहब यह हर रोज सुबह को ड्यूटी पर जाने से पहले अपनी छोटी कोठरी में जाता है और दो मिनट में ही निकल आता है। जब निकलकर आता है तो इसके मुख पर एक विशेष तेज होता है। हो न हो इस कोठरी में कोई जादू-टोना हो।

राजा वजीर के साथ उसकी कोठरी में गया। राजा ने देखा, कि कोठरी में एक पुरानी टूटी हुई सी खाट थी, जिस पर वजीर की स्वयं की बनाई हुई एक तस्वीर थी। तस्वीर में जंगल के बीच उसका अपना घर, उसमे बैठी उसकी माँ तथा पास में ही दूसरी ओर उसके पिताजी। घर का यथावत पुराना दृश्य।

वजीर ने बताया कि मैं अपने अतीत को नही भूलता। हर रोज अतीत में झांकता हूँ। इसलिए प्रसन्न हूँ और तनाव मुक्त रहते हुए जनता की सेवा करता हूँ और अजेय हूँ।

इस कहानी को सुनकर लेखक के मष्तिष्क में अजय मोहन बिष्ट की तस्वीर उभरी।

वर्ष 1972 में 5 जून को उत्तराखंड के विष्ट परिवार में जन्मे अजय मोहन की माँ सविता देवी और पिता आनंद मोहन बिष्ट का गायों के प्रति बहुत प्रेम था। उसी तरह अजय मोहन को भी गायों के प्रति प्रेम हुआ। उत्तराखंड के शैक्षणिक संस्थान से विज्ञान में स्नातक की उपाधि प्राप्त करने के उपरांत गोरखपुर मठ से जुड़े। जनता के बीच लोकप्रियता के चलते वर्ष 1998 में पहली बार सांसद निर्वाचित हुए। गोरखपुर में हर रोज तीन-चार घंटे जनता दरवार लगाया। एक कुशल कार्यपालक की तरह मठ के तीन दर्जन से अधिक शैक्षणिक, स्वास्थय और सामाजिक संस्थानों का प्रबंधन संभाला। इनकी विलक्षण प्रतिभा को तमाम दुनिया तब समझ पायी जब वर्ष 2017 में ही योगी आदित्यनाथ के नाम से भारत के सबसे अधिक आवादी वाले प्रदेश उत्तर प्रदेश के मुख्यमंत्री बने। किसी ने सोचा भी नहीं था कि एक योगी साधु भी इस तरह किसी कुशल प्रशासक की भूमिका निभा सकता है। पाँच बार सांसद रहे योगी आदित्यनाथ ने वर्ष 2014 से 2017 तक भी संसद की तमाम बहसों में भाग लिया और तीन सौ छः प्रश्न पूछे। दो दशकों में उन्होंने भारत के राजनैतिक ढांचे पर शासन करने हेतु स्वयं को प्रशिक्षित किया। और वर्ष 2017 में संसद की सिस्यता से त्यागपत्र देकर ही उत्तर प्रदेश के मुख्यमंत्री बने।

वर्ष 2017 में योगी आदित्यनाथ ने मुख्यमंत्री के रूप में पदभार ग्रहण किया। पाँच बार सांसद रहे योगी को उत्तर प्रदेश को उत्तम प्रदेश बनाने का ज्ञान हो गया था। कांवर यात्रा के दौरान पुष्प वर्षा कर उनका उत्साहवर्धन किया। फिजूलखर्ची पर रोक लगाई। मंत्रियों एवं अधिकारियों की बिजनेस क्लास

यात्रा पर पाबंदी लगाई। उत्तर प्रदेश में उद्योग लगाने के लिए उचित माहौल विकसित किया। मैट्रो-यातायात विकसित किये। पाँच अंतर्राष्ट्रीय एयरपोर्ट सहित छः एयरपोर्ट पर काम शुरू किया। अयोध्या एवं जेवर एयरपोर्ट सहित 20 एयरपोर्ट और एक हवाई पट्टी का कार्य प्रगति पर है। पाँच नये एक्सप्रेस वे शुरू किये। पंद्रह हजार दो सौ छियालिस किमी सड़कों का निर्माण किया। लखनऊ, गाजियाबाद, नोएडा और ग्रेटर नोएडा में मैट्रो संचालन किया। आगरा, गोरखपुर और बनारस में मैट्रो कार्य प्रगति पर है।

कभी कल्पना भी नहीं की जा सकती थी कि इस साधुराज में कानून व्यवस्था इतनी देखने योग्य होगी, जिसमें भू-माफिया और दबंग प्रवृत्ति के लोग रसातल में शरण ढूंढते घूमेंगे। नये पुलिस कर्मियों को भर्ती कर प्रत्येक जिले के अपराधियों को चिन्हित कर कार्यवाही की। कानून का कड़ाई से पालन किया। उपद्रवियों के विरूद्ध कानून बनाकर सार्वजनिक नुकसान की भरपाई की गई।

आज उत्तर प्रदेश ही नहीं भारत के समस्त राज्यों के लोग योगी को अपना शासक देखना पसंद करते हैं।

जय हो साधुराज !

*

2

ग्रेच्युटी

रात को लगभग 11 बजे पत्रकार महेंद्र के फोन की घंटी बजी। कोई लड़की थी फोन पर। बुरी तरह घबराई हुई बोली -

साहब, साहब ! आपने कहा था कि कोई परेशानी हो तो फोन करना, मै मुसीबत में हूँ साहब।

कौन हो तुम ? पत्रकार महेंद्र ने पूछा।

मैं वही लड़की हूँ साहब जो आज सांई मंदिर के बाहर मिली थी, भीख माँग रही थी साहब।

तो क्या हुआ तुम्हें ? पत्रकार महेंद्र ने आगे पूछा।

लड़की बोली- **एक पियक्कड़ है जो मेरे पीछे पड़ा है साहब। जबरदस्ती कहीं ले जा रहा है साहब। और पुलिस को फोन मत करना साहब, परेशानी पुलिस वालों से ही होती है साहब। हो ना हो ये भी कोई पुलिस वाला ही हो साहब। किसी तरह भागकर रिक्शावाले के फोन से फोन कर रहीं हूँ साहब।**

*   *   *

पत्रकार महेंद्र मंडी (हिमाचल) में नया-नया शिफ्ट हुआ था। दोपहर से पहले एक - दो पीसी (प्रैस - कोन्फ्रैंश) अटैंड की थीं और फिर शाम को कुछ पुलिस वालों की फेयरवैल पार्टी।

पुलिस वालों की फेयरवैल पार्टी में पत्रकार महेंद्र दिये गये पते पर शाम को छः बजे पहुंच गया था। पुलिस कालोनी के सांस्कृतिक हाल में सामने की ओर छोटा सा एक मंच लगाया गया था। दूसरी ओर स्नैक्स एवं खाने का इंतजाम था। संगीत की मद्धिम सी ध्वनि आ रही थी। एक ओर डीजे की व्यवस्था भी नजर आ रही थी। तीन - पुलिस कर्मियों का रिटायर्मेंट था। कुछ पुलिस वाले डीजे पर डांस भी कर रहे थे।

तभी मंच से एंकर की आवाज़ आई-

हमारे बीच सी ओ साहब पधार चुकें हैं, सभी लोग मंच के सम्मुख आ जाएं।

खड़े होकर सभी ने सी ओ साहब का अभिवादन किया। कोतवाल साहब ने पुष्पगुच्छ देकर सम्मान के साथ मंच पर बैठाया।

भाइयों और बहनों!

इंस्पेक्टर राठी हमारे बहुत मजबूत एवं जुझारू अधिकारी रहे हैं। इन्होने अपने व्यक्तिगत जीवन को कभी महत्व नहीं दिया और सदैव पुलिसिंग की एक अच्छी मिशाल पेश की। इसी तरह चौबे जी भी पुलिस विभाग के लिए एक रत्न सिद्ध हुए। हमें ऐंसे पुलिस अधिकारियों पर नाज़ है। आइये, आप दोनों को शाल ओढ़ाकर, महकमें की ओर से हम आपका सम्मान करते हैं। फोटो खिंचवाने के लिए उनके परिवार के लोग भी साथ आ जायें।

मालाएँ पहनाई गई और फोटो खिंचे।

अंत में अब दरोगा जयकरन का नंबर था।

साथियों! दरोगा जयकरन के बारे में कहते हुए हमें खेद है, कि इस आदमी के सुधरने के चांस अब बहुत कम है। पुलिस महकमे की ओर से बहुत प्रयास किये जा चुके हैं। इसे कई बार सस्पेंड भी किया गया,

लेकिन इसने शराब नहीं छोड़ी। यदि कोई इंसान दृढ़ संकल्प कर ले, तो शराब छूट सकती है। पर इसने कभी सोचा ही नहीं। इसके कई जूनियर साथी पदोन्नति पाकर ऊंचे-ऊंचे पदों पर आ गए हैं। मै स्वयं भी इससे जूनियर रहा हूं। अपनी मेहनत और लगन के बल पर आज सी ओ हूँ। भगवान इसे सद्बुद्धि दे। ये एक अच्छा इंसान बन सके। यदि इसके परिवार वाले भी आये हों , तो वह भी फोटो खिंचवा सकते हैं। विदाई पर एक फूल मै इसे भी देता हूँ।

इतने में पीछे से एक आवाज आई -

जय हिन्द साहब ! मै हूँ इनके परिवार का।

एक माला डालने की अनुमति चाहता हूं। मै हवलदार बलवीर हूँ सर, जयकरन सर का जूनियर हूँ सर। और सर शराब छोड़ना कोई कठिन काम नहीं है सर, पिछले सात साल में चार - पाँच बार तो शराब मैने भी छोड़ी है सर। और साहब, मै ओढ़ाने के लिए शाल तो नहीं लाया पर एक गिफ्ट जरूर लाया हूँ सर !

और यह कहते हुए कुछ छुपाते हुए उसने जयकरन की जेब में कुछ रख दिया।

* * *

फेयरवैल पार्टी के बाद पत्रकार महेंद्र सांई मंदिर आया था। मंदिर में प्रसाद चढ़ाया। बाहर दरवाजे के दोनों ओर बैठे भिखारियों को प्रसाद बांटा। किसी - किसी को रूपये - पैसे भी दिये। यह वही लड़की थी- जिससे महेंद्र की मुलाकात सांई मंदिर के सामने पटरी पर हुई थी। कपड़ा फैलाए भीख माँग रही थी। अक्सर भिखारियों द्वारा अपनाए जाने वाली मुद्रा में बोली -

सांई बाबा के नाम पर कुछ दे दो बाबूजी, भगवान तुम्हारा भला करे। महेंद्र ने दो रुपये का सिक्का जेब से निकाला ही था कि वह फिर बोल उठी थी -

सुबह से खाना नहीं खाया बाबूजी बीस-तीस रूपये दे दो बाबूजी।

महेंद्र ने लड़की की ओर घूरकर देखा- वह एक सुंदर सी लड़की थी। अच्छी सी जैकेट व लोअर पहने थी। हाव-भाव से वह भिखारिन नहीं लग रही थी।

शरम नहीं आती? भीख माँग कर खाती हो, कमाकर नहीं खा सकती?

यहां काम कराता ही कौन है साहब! यहां लोगों को काम वालों की नहीं चामवालों की जरूरत है, उसने कहा था।

क्यों, तुम ऐंसा क्यों कहती हो ? महेंद्र ने पूछा था।

आयी थी ना, मेरी माँ यहां काम करने। पढ़ाना चाहती थी मुझे। गांव से भागकर आई थी और भागकर गांव वापस चली गई।

क्या हुआ था तुम्हारी माँ को? महेंद्र ने पूछा था।

उसने बताया था -

यों तो मेरा बाप किसी भी दिन माँ पर हाथ उठा देता था। लेकिन उस दिन बात कुछ हद से ज्यादा पार हो गई थी। मजदूरी करके शाम घर लौटी थी माँ।

ला कितने पैसे लाई है? बाप ने पूछा था।

मना कर दिया था माँ ने, आज मजूरी नहीं मिली।

अरे जल्दी निकाल, गला सूख रहा है मेरा। एक पव्वा लाना है।

माँ ने फिर मना कर दिया।

बता दिया ना कि आज मजूरी नहीं मिली।

फिर तो बाप के अंदर का राक्षस जाग उठा था। कपड़े का कौड़ा बनाकर खूब बरसाये माँ पर-

स्साली, सीधे सींगों कभी नहीं देती! अब देगी! निकाल, जल्दी निकाल! स्साली। पूरे-पूरे दिन यारों में मटरगश्ती करती है स्साली, हिंया ये भी नहीं कि एक पव्वा भी पी लें।

मैं तो खाट के नीचे छुप गई थी। हाय मर गई, हाय मर गई कह कहकर, बहुत जोर से चिल्ला रही थी माँ।

निकाल तो निकाल पव्वे के पैसे जल्दी निकाल।

नहीं मिली मजूरी आज!

पता नहीं कहाँ-कहाँ पड़ रही थी कौड़े की चोट? थक गया था बाप और गिर गयी थी माँ।

सुबह हुई, माँ मेरे बाप के जगने से पहले उठ गई थी। पेटीकोट के घेरे से पाँच रुपये का नोट निकाला और मेरे हाथ पर रखते हुए बोली-

ले, स्कूल की फीस जमा कर देना।

मैंने मना कर दिया और कह दिया कि नहीं पढ़ना मुझे इस कीमत पर। मुझे लेकर शहर आगयी माँ।

* * *

शुरू-शुरू में बस स्टैंड की छत के नीचे सोईं हम दोनों माँ-बेटी। नौकरी कर पैसा कमाना चाहती थी माँ। माँ ने कई रोज तक काम ढूंढा। एक दिन एक फैक्ट्री में काम मिला। मगर कंपनी का मैनेजर रिसेप्शनिष्ट के नाम पर अपने ऑफिस में बैठाना चाहता था। माँ झाड़ू-पौछा करना चाहती थी। माँ मेहनत बेचना चाहती थी मगर वह माँ को खरीदना चाहता था। डर गई माँ और दो-चार दिन काम करके छोड़ दिया। उसके बाद बेलदार के काम में लगी। पहले तो फैक्ट्री के मुंशी की नीयत खराब थी। फिर एक जगह सीमेंट के तसले पकड़ाने का काम मिला। राज मिस्त्री एक - दो दिन काम कराते, फिर वापस कर देते। कह देते कि आज लेबर पूरी हो गई है। उन्हें ही काम मिलता जो उनसे नैन मटक्का करती। माँ को ये सब पसंद नहीं था। सो भाग गयी गाँव वापस। मुझे भी ले जा रही थी। मैं नहीं गई, मैंने कह दिया कि मुझे पढना है।

कह रही थी कि -

शहर के लोग और बुरे हैं मिंटो। इनसे बचकर निकलना बहुत मुश्किल है। यहां कामयाब होने के लिए बहुत दूर से घूमकर आना पड़ता है। जो शार्टकट रास्तों को अपनाकर कामयाब हुए हैं हो सकता है उन्होंने गंदगी झेली हो। यहां तो मेरा दम घुटता है। यहां की घुटन के बजाय मैं मार खा लूंगी गाँव में।

इतना कहकर गाँव वापस चली गई माँ और बेटी को छोड़ गई फुटपाथ पर भीख माँगने के लिए। जाते हुए यह भी कहा कि -

देख मिंटो! भीख माँग कर खा लेना लेकिन कामयाबी के लिए कभी शोर्टकट रास्ता मत ढूंढना। भले ही कामयाबी देर से मिले।

ये तो सुना था कि, जिंदगी इम्तिहान लेती है, लेकिन यहाँ तो इम्तिहानों ने जिंदगी ले ली साहब। अजीब सी बिडम्बना है, कहीं इंसानों पर लिबास नहीं हैं, तो कहीं लिबासों में इंसान नहीं हैं। ये लोअर और जैकेट भी एक मेम साहब ने दिये हैं। आज बृहस्पतिवार है साहब, कढ़ी चावल का प्रसाद बंटा है। पेट भरकर खाना कई दिनों के बाद खाया है साहब। आप जैसे कुछ लोगों से कुछ रुपये मिल जाते हैं, थोड़े-थोड़े करके जोड़ रही हूँ। पढ़ लूंगी।

औरत का किरदार निभाना बहुत मुश्किल है साहब, हम औरत हैं। और अगर चादर सफेद हो तो दाग पानी से भी लग जाता है।

इतना सुनकर महेंद्र ने एक पर्ची पर अपना नंबर लिख कर उसे दे दिया था और कहा था कि कोई जरूरत हो तो फोन कर लेना मुझे। आज ही दिन में उससे मुलाकात हुई थी और आज ही रात को उसने फोन कर दिया।

ठहरो! मै आ रहा हूँ! महेंद्र ने उस लड़की से फोन पर कहा।

* * *

मुंह पर मास्क लगाकर तेजी से मंदिर की ओर निकल पड़ा।मंदिर से बहुत पहले ही गली में अंधेरे में एक आदमी दिखाई दिया जो एक लड़की का हाथ पकड़े लगभग खींचते हुए ला रहा था। ओह ! ये तो तिराहे से दूसरी तरफ जाने वाले रास्ते पर मुड़ गया। कोई बात नहीं। चुपके से पीछा करता हूँ, महेंद्र ने सोचा और दबे पांव उसके पीछे - पीछे-पीछे चलता रहा।

खाकी पैंट-शर्ट पहने अधेड़ उम्र का था। पियक्कड़ लग रहा था। बिना बैज की शर्ट पैंट से बाहर निकली थी। कदम इधर-उधर बहक रहे थे। उसके मकसद का पता करने के लिए महेंद्र भी चुपके-चुपके उसके पीछे चलता रहा। महेंद्र को लगा कि वह उस लड़की की मदद कर देगा। और यदि मदद भी नहीं हो पाई तो कम से कम कवरेज के लिए एक अच्छी स्टोरी तो मिल ही जायेगी। अखबार के पहले नहीं तो दूसरे पेज के लिए एक अच्छा मसौदा तो मिल ही जायेगा। देखता हूँ यह आदमी लड़की को कहाँ ले जाता है। उन दोनों एवं महेंद्र के बीच दूरी कोई चार-छः फुट की थी। अंधेरे में आदमी नशे में बहक रहा था। उस लड़की का हाथ पकड़े लगभग खींचता हुआ मलिन बस्ती की ओर चलता जा रहा था। रात के लगभग ग्यारह बजे थे। अंधेरे रात में कहीं-कहीं से छोटे-छोटे बल्बों की मद्धिम सी रोशनी थी। लड़की बुरी तरह सहमी हुई थी। हाथ छुड़ा कर भाग तो लेती, लेकिन उस पियक्कड़ ने जबरदस्त उंगलियों से उसकी उंगलियों को जकड़ रखा था। मुंह से बुरी तरह शराब की बदवू आ रही थी। कमजोर सी लड़की और भीमकाय सा पियक्कड़। शायद पछता रही थी लड़की। सोच रही थी कि उसने यहाँ रूककर गलती की। काश वह भी अपनी माँ के साथ गाँव चली गई होती। पढ़ाई न भी हो पाती तो शायद इतना बुरा नहीं होता, जितना बुरा उसके साथ अब होने जा रहा था। शराबी के चंगुल से बचकर आई थी और शराबी के चंगुल में फंस गई थी। हाय रे तकदीर। आज अपने भाग्य को शायद कोस रही थी लड़की। इतनी रात में भी किसी किसी घर से एक तो किसी से दो - तीन लोगों की आवाजाही थी। अपशकुनी का माहौल, लड़की को डरावनी स्थिति में ले आया था। पियक्कड़ और तेजी से खींच रहा था। लड़की की चीख

निकलने को हो रही थी।। अब कुछ छोटे जनता क्वार्टर दिखाई दिये। भय कुछ कम हुआ। पियक्कड़ बुदबुदा रहा था...

जबरदस्ती! वो भी दरोगा जयकरन के साथ। तीस साल में कुल बीस साल ही नौकरी की होगी इस दरोगा जयकरन ने। बाकी दस साल तो बीच-बीच में सस्पेंड ही रया जयकरन। आज वी आर एस दे दिया जयकरन को। कौन सी गलती थी इस जयकरन की? बस शराब ही तो पीता है जयकरन। शराब है तो जिंदा भी है, नहीं तो कब का मर गया होता ये जयकरन। झूठ भी सिर्फ इसी बात बोलता है कि- किसने पी! कहाँ पी! कब पी।

आज तक झूठे मुकदमे में नहीं फंसाया किसी को। किसी से दो पैसे की रिश्वत नहीं ली। कितने है जो चौराहे पर चालान छोड़कर पैसे वसूलते हैं जनता से। सरकारी भिखारी कहीं के। निछावरखोर अफसर अच्छे हैं, जो ले-देकर प्रमोशन करा लेते हैं। गलत बस ये जयकरन ही है भले मानस तो अब साधू भी नहीं हैं, घमंड से भरे पड़े हैं। हमाम में अब भला है ही कौन? चलो अच्छा ही हुआ, आज मुझे मुक्ति मिल गई महकमें से।

रिटायमेंट पर महकमे ने भले ही कुछ नही दिया मुझे पर ऊपर वाले ग्रेच्युटी दे दी मुझे।

आज तक महकमे ने तो आदमी भी नहीं समझा जयकरन को। आदमी तो कभी विमलेश ने भी नहीं समझा।

साली ने जीना हराम कर रखा है, रोज-रोज की चिकचिक।

विमलेशिया, दरवज्जा खोल!

रिटायर हो गया हूँ मैं आज।

ग्रेच्युटी लाया हूँ! अरे खोल ना दरवज्जा!

और यह कहते हुए उसने दरवाजे पर लकड़ी के किबाड को जोर से लात मारी। दरवाजा अंदर की ओर खुल गया।

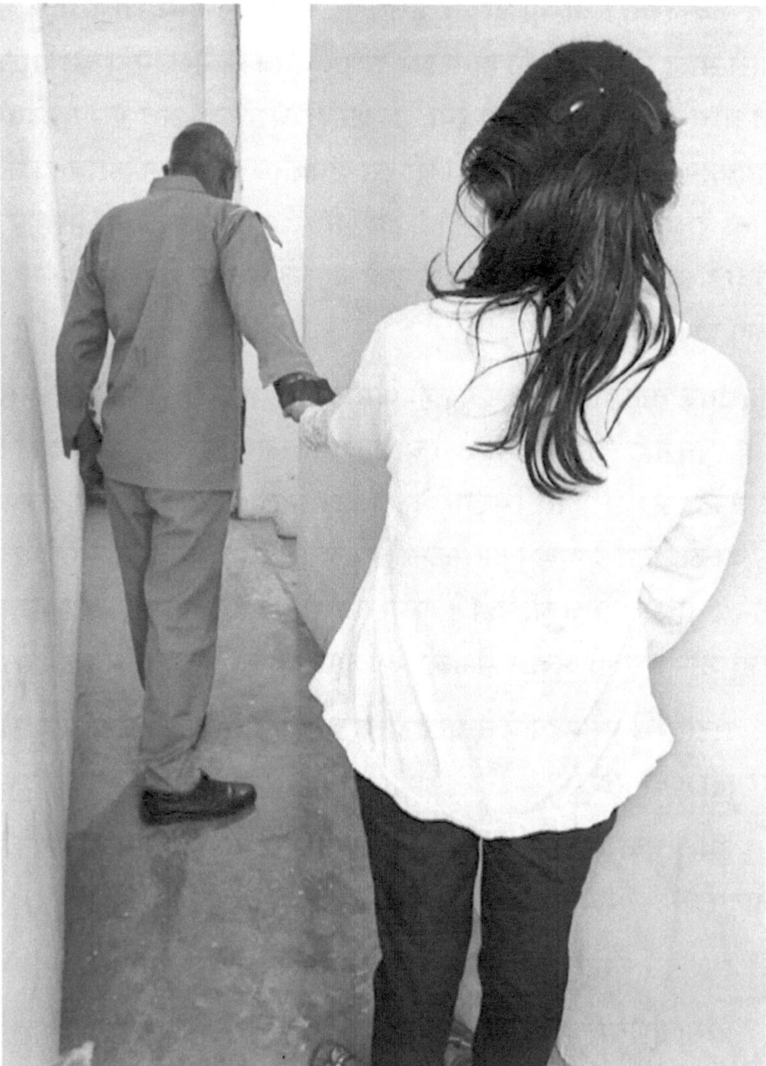

इत्ते दिनों से कहती है कि औलाद नहीं दी मुझे। मिल गई ले औलाद, संभाल इसे, बेटी लाया हूँ!

इतने में अंदर से एक औरत आई और लड़की को आलिंगन में लेते हुए बोली-

आज धन्य हो गयी रे मैं, तेरी ग्रेच्युटी पाकर !

मेरा पति ही नहीं, भगवान है रे तू, ऐ आदमी !

पत्रकार महेंद्र यह कहानी अखबार में तो नहीं छपवा पाया लेकिन उसके हृदय में अवश्य छप गई। जिसे सी ओ साहब ने कहा था कि वह अच्छा आदमी नहीं बन सका, महेंद्र को लगा कि उस पियक्कड़ में एक अच्छा इंसान छिपा है।

*

3

हाथी हारा बैल से

टांडा में उस रोज शाम को मक्खन के घर पुरोहित रामप्यारे का आगमन हुआ था। मक्खन उसी के सामने ही अपने दो बैलों के साथ बाजार से घर आया था। दो बैलों की जोड़ी। एक काला और एक धौला। काले के गले में घुंघरू की टाल थी जबकि धौले के गले में घुंघरू नहीं थे। घर के आधे हिस्से में चरयुक्त साल में बैलों को बांधकर कर मक्खन हाथ-पांव धोकर पुरोहित के पास वाली छोटी चारपाई पर बैठ गया। परिवार के सदस्यों ने पुरोहित की यथाशक्ति सेवा सुश्रुषा की। हालचाल जानने के दौरान मक्खन ने पुरोहित को बताया कि-

यह वर्ष कुछ नुकसान में गया है। गेहूँ की फसल तो खैर ठीक से उठ गयी लेकिन उसके बाद मंगला खतम हो गया।

कौन मंगला? पुरोहित ने मक्खन से पूछा।

पुरोहित जी! मंगला बैल था हमारा, अचानक मर गया।

क्या हो गया था मंगला को? पुरोहित ने आगे पूछा।

अरे... शुरू-शुरू में तो खुरपका हुआ था उसे। बाद में गलाघोट हो गया पता नहीं कहाँ से। खुरपका तो झेल गया था, पर गलाघोट से पार नहीं बसाई।

मर गया बेचारा!

कितना अच्छा था! गाड़ी में कितना ही वजन लाद दो, मजाल है जो वो जुआ गेर दे। और हल, हल की तो बस पूछो ही मत। जोड़ी का दूसरा बैल थक जाये तो थक जाए, पर मंगला ने कभी हार नहीं मानी। मुन्ना तो टांगों में लिपट-लिपट कर खेलता था उसकी। कभी न तो लात मारी और न ही कभी सींगों से झोकारा। पूरे दिन रोटी नहीं खाई उस रोज मुन्ना ने। खैर दुःख तो पूरे परिवार को हुआ था। महीने भर रोटी का एक टुकड़ा नहीं चला मुंह में हमारे तो।

किसी को दिखाया नहीं था मंगला को? पुरोहित ने पूछा।

दिखाया था ना, सहसपुर से ढोर डाक्टर आया था। इलाज भी चला तीन दिन। मगर कामयाब नहीं हुआ। आखिरकार मर ही गया मंगला।

ओह, ये तो बहुत दु;ु खद हुआ, पर बैल तो मैंने दो देखें हैं तुम्हारे पास! पुरोहित बोला

दूसरा काला बैल तो हमनें आज ही खरीदा है ताहरपुर से। तभी तो मुन्ना की माँ ने सेवल की थी दरवाजे पर, दोनों ओर जल चढ़ाकर।

धान बोने हैं तो बैल तो लेना ही था। कोई एक माह के बाद कुछ खुशी दिखाई दी है हम सबके चेहरे पर। एक माह बाद फिर से खिल-खिलाकर हंसते देखा है मुन्ना को। अभी मेरे साथ ही दोनों बैलों को चारा डालने साल में मुन्ना भी गया। आज शनिवार का दिन है, अतः नये मेहमान बैल का नाम शन्नी रखा है मुन्ना ने। आजकल मुन्ना की माँ के पाँव भी भारी हैं। किसी भी दिन कुछ हो सकता है।

तभी मुन्ना की माँ ने पुरोहित जी एवं मक्खन का भोजन लगा दिया। भोजन कर सोने के प्रयोजन से मक्खन भी पुरोहित के निकट वाली चारपाई पर लेट गया।

मक्खन ने पुरोहित से बताया कि गाँव में एक घमंडी महावत आया है।

उसके पास एक उदंड हाथी है। गांव के आसपास के इलाकों में बहुत नुकसान कर रहा है। उसने गाँव के मुखिया को भी चुनौती दे दी। मुखिया की भी हिम्मत नहीं हो रही कि वह अपने हाथी को उससे लड़ा सके। कहीं हार गया तो तौहीन हो सकती है।

घर के सब सदस्य सो चुके थे और पुरोहित को नींद नहीं आ रही थी। शन्नी के गले में पड़े घुंघरूओं की आावज आयी। अब पुरोहित का ध्यान बैलों की ओर आकर्षित हो गया था।

पुराना बैल धौला नये काले बैल शन्नी को गले लग-लगकर प्रेम कर रहा था। मानों वह भी अपने घर आये मेहमान का स्वागत कर रहा हो। धौला नये बैल शन्नी से बोला–

एक बात पूछूं ?

हाँ पूछ, शन्नी ने कहा।

तू बैल क्यों बना है? धौला ने पूछा।

शन्नी बोला- **कर्मों की चपेट से आज तक कौन बच पाया है भइया, जिसने जैसा करा है, उसने वैसा भरा है।**

क्या कर्म किये थे तूने, धौला ने पूछा।

शन्नी ने विस्तार से सुनाना शुरू किया -

मैं और मेरा एक भाई पिछले जन्म में कामचोर थे। पूरे-पूरे दिन खाली ही रहते, एकदम मक्कार थे हम। बिना मेहनत किये चतुराई से दूसरों से रुपये-पैसे ऐंठने की जुगत में लगे रहते थे। एक बार पता चला कि नजीबाबाद का सेठ बिना किसी गारंटी के उधार देता है। बस हम दोनो नजीबाबाद के सेठ के पास उधार लेने पहुंच गए। सेठ ने पूछा कि-

उधार वाली रकम यहीं चुकाओगे या आगे?

मतलब? मैंने कहा।

यहीं का मतलब इसी जन्म में, आगे का मतलब अगले जन्म में।

तो तुमने क्या कहा? धौला ने पूछा।

कैसी बात करते हो सेठजी, इस जन्म में हम कैसे चुका सकते हैं? हमने कहा।

यहां तो नहीं चुका सकते सेठ जी। हम तो आगे ही चुकाएंगे। सेठ ने खाते में इसी तरह लिख लिया और रुपये उधार दिये।

हमनें सोचा कि अगले जन्म में किसने देखा, देना पड़ता भी है या नहीं। कम से कम इस जन्म में तो आराम रहेगा।

भाई को किसी पंडित ने बताया कि उधार लिया है, इसी जन्म में चुका दिया जाये तो अच्छा होता है, नहीं तो अगले जन्म में चुकाने में बहुत कष्ट होता है। हम दोनों भाई सेठ के पास पुनः गये। हमनें उसे धन लौटाने की पेशकश की। लेकिन सेठ ने यह कहते हुए इंकार कर दिया कि उसने अपने बही-खाते में अगले जन्म में चुकाने के लिए लिख दिया है।

भाई ने मेहनत कर उधार के उस धन से खूब धन कमाया और सेठ के नाम से धर्मशाला में एक कमरा बनवाया। रास्ते में सेठ के नाम से प्याऊ बनवाई।

और तुमने क्या किया? धौला ने शन्नी से पूछा।

मुझे एक ठग मिल गया। मेरे पैसे झूठ बोलकर उस शातिर ठग ने ठग लिये। उस ठग को मैं आज तक ढूंढ रहा हूँ, कहीं नहीं मिला। और वह ठग मुझे न भी ठगता तो भी मैं रुपये सेठ को नहीं लौटाता, क्योंकि मेरी नीयत ठीक नहीं थी।

जिस भाई ने सेठ के नाम पर धर्म कर उसके रुपये अपने ऊपर उधार नहीं रखे वह अब मनुष्य जन्म में पुरोहित बना, मंदिर का पुजारी है आज

कल। लेकिन मुझे पिछले जन्म का उधार चुकाने के लिए बैल बनना पड़ा, शन्नी ने आगे बताया।

वह सेठ अब कहाँ है ? पुराने बैल धौला ने पूछा।

शन्नी ने आगे बताया –

वह सेठ अब यह मक्खन किसान है, जिसकी चर पर आज तू और मैं चारा खा रहे हैं। जिस-जिस का धन मैंने नहीं लौटाया था उनका धन इस जन्म में बैल बनकर चुका कर आया हूँ। केवल इस मक्खन किसान का कर्ज बचा है सो अब कुछ बर्षों में इसका भी कर्ज चुकाऊँगा।

पुरोहित को हाथी और महावत वाली मक्खन की बात सुनाते समय शन्नी ने सुन ली थी।

काले बैल शन्नी ने पुराने धौले बैल से कहा कि-

यदि यह हमारा मालिक मक्खन मुझे उस हाथी से लड़ा दे तो निश्चित ही मैं जीत जाऊंगा। क्योंकि यह पुराने जन्म का वही ठग है जो मुझसे नजर बचाए घूम रहा है। रुपयों के वजह से छुपता है। मुझे देखते ही पहचान लेगा। मेरा सामना नहीं कर पायेगा। मक्खन की साख बढ़ जाएगी और मुखिया इनाम भी देगा।

बस अपना कर्ज शीघ्र चुकता हो जाएगा। मुझे तमाम दिन तक बैल बनने की जरूरत नहीं होगी।

लेकिन मक्खन को यह बात बताए कौन ?

पुरोहित धौला एवं शन्नी की बातों को ध्यान से सुन रहा था। पुरोहित को पशु-पक्षियों की बात सुनने एवं समझने की सिद्धि प्राप्त थी।

*　　　　*　　　　*

आज कांठ में दशहरा वाले मैदान में चारों ओर से दर्शकों की भीड़ जुट रही थी। जत्थे के जत्थे चले आ रहे थे। महावत के हाथी से आज किसी दमदार

हाथी का मुकाबला होने वाला था। कोई था जिसने कांठ में बाहर से आये किसी उद्दंड महावत और उसके हाथी की चुनौती स्वीकार की थी। मुकाबला आज महावत के उद्दंड हाथी और कांठ के बलशाली हाथी का नहीं था बल्कि महावत से मुखिया के सम्मान का था। महावत हाथी को लेकर समय से एक घंटे पहले ही पहुँच गया था। उद्दंड हाथी गोल घेरे के चक्कर लगा रहा था। जोर-जोर से चिंघाड़ रहा था, जैसे भयंकर चुनौती दे रहा हो। कभी पैरों से जमीन रौंदकर धूल बिखेरता तो कभी सूंड अलग-अलग दिशाओं में चलाता। महावत अपनी मूछों को ताव दे रहा था। बारह बजने में कोई पाँच मिनट ही रह गये थे। लेकिन उससे लड़ने के लिए कोई सूरमा नहीं आया। महावत अब जांघ पीटकर कहने लगा था कि,

आज तक मेरे हाथी से लड़ने वाला कोई सूरमा हाथी पैदा नहीं हुआ। अब चूँकि इंतजार की घड़ियां लगभग खत्म हो गई थी, अतः लोगो को उसकी बात सत्य होती लग रही थी। बारह बजते ही महावत ने **हिप हिप हुर्रे...** की आवाज जैसे ही निकाली, मक्खन ने गोले में प्रवेश किया। लेकिन उसके साथ महावत के हाथी का मुकाबला करने के लिए हाथी नहीं बल्कि उसका बैल था शन्नी। लोग भौचक्के रह गये।

हाथी ने शन्नी की ओर देखा, तो देखते ही पहचान लिया। हाथी पर शन्नी के रुपये थे। शन्नी ने जोर की आवाज़ निकाली और देखते ही हाथी की ओर दौड़ पड़ा। शन्नी हाथी पर बिजली की तरह दौड़ पड़ा था। शन्नी पीछे-पीछे और हाथी उसके आगे-आगे। शन्नी के सींग इतने नुकीले थे कि हाथी के शरीर में घुसते ही खून की नदियाँ बहा देते। दर्शकों ने जोर से तालियां बजानी शुरू कर दी थीं। शन्नी मार, शन्नी मार, शन्नी दौड़। तीन चक्कर गोले के अंदर लगाने के बाद हाथी गोला तोड़कर कांठ के जंगलों की ओर भागने लगा था। पीछा करते हुए कुछ नवयुवक भी दौड़ रहे थे। शन्नी ने स्योहारा के जंगलों तक हाथी का पीछा किया।

अब हाथी अमानगढ़ के जंगलों की ओर भाग गया था। शन्नी स्योहारा से लौट आया। कांठ के तमाम लोगों के सामने महावत ने मुखिया से माफी माँगी और हमेशा के लिए अमानगढ़ के जंगलों में चला गया।

मुखिया ने मक्खन से इस विचार के बारे में जानकारी ली, कि उसके मन में बैल का हाथी से मुकाबला कराने की बात कैसे सूझी? मक्खन ने पुरोहित जी की ओर इशारा करते हुए कहा कि -

यह सब इनके मार्गादर्शन का परिणाम है।

मुखिया ने पुरोहित का सम्मान किया और मक्खन को पचास बीघा जमीन इनाम में देकर सम्मानित किया। शन्नी की पीठ पर हाथ फेरा। मुखिया साहब के सामने पुरोहित ने लोगों से कहा कि-

जीतने के लिए ताकत से पहले हिम्मत की जरूरत होती है। यदि हिम्मत हो तो कम ताकत वाला भी जीत सकता है और यदि हिम्मत नहीं है तो अधिक बल वाला भी दुम दवाकर भाग सकता है, इस हाथी की तरह। झूठ, ठगी और धोखाधड़ी का परिणाम सभी को कभी न कभी भुगतना ही पड़ता है।

मक्खन ने हाथ जोड़कर पहले पुरोहित को प्रणाम किया और फिर मुखिया को। पुरोहित ने वहीं से विदाई ली। शाम को मक्खन शन्नी को लेकर अपने घर आ गया। घर मे सब नये बैल शन्नी की जीत पर खुश थे। घर आया तो मक्खन को पता चला कि उसकी पत्नी को प्रसव की पीड़ा थी। खैर जैसे-तैसे जल्दबाज़ी में बैलों को हरा चारा डाला ओर चौकर की सानी लगाईं। बस बैठ गया भगवान का ध्यान करने। हवेली में दाई और दो-तीन औरते थीं। रोते हुए मुन्ना को एक औरत मक्खन के पास छोड़ गई। एक दो बार दाई ने पानी गरम कराया। मुन्ना तो सो गया पर मक्खन की आंख नहीं लगी। बैठा रहा भगवान का ध्यान लगाए। तड़के पाँच बजे बच्चे के रोने की आवाज़ आई।

दाई औरतों से कह रही थी कि लड़का हुआ है। मक्खन की आंखों में खुशी के आंसू थे। मक्खन भगवान के रूप में शन्नी का आभार महसूस कर रहा था। शन्नी कहीं भगवान का दूत है अंतर्मन में कहते हुए बैलों की साल में गया। धौला की आंखों से आंसू गिरे थे। चर की ओर देखा तो हरा चारा और चौकर की सानी भी सारी की सारी यूं ही पड़ी थी। शन्नी हिला-डुला नहीं। पीठ पर हाथ फेर कर मक्खन ने देखा, तो शन्नी चिरनिद्रा में, सो गया था और चला गया था अगले जन्मों की यात्रा पर।

*

4

मुठभेड़

पत्रकारिता की एक ग्राउंड रिपोर्ट

उस रोज रविवार को हमारे घर पर मयूर विहार से दोस्त मनि आया था। हम सब टीवी देख रहे थे। बैठते ही मनि ने कहा,

'तुम सब लोग अब भी टीवी पर वक्त बर्बाद करते हो? जबकि आजकल मोबाइल ने रेडियो, घड़ी एवं टीवी जैसी चीजों को लगभग निगल लिया है। मैं तो टीवी यदि कभी देखता भी हूँ तो केवल गाने सुनने के लिए। नहीं तो मेरे टीवी का प्लग तो अक्सर सोकेट से बाहर ही लटका रहता है। आजकल न जाने कितने दलों ने चैनल खोल दिये हैं। सुबह से शाम तक प्रदूषण फैला रखा है। देखते ही ऐसा लगता है कि यह उस राजनैतिक दल का है, और यह दूसरे राजनैतिक दल का है। चैनलों का भी अब राजनीतिकरण हो गया है। एंकर अब पार्टी के प्रवक्ता नजर आने लगे हैं।' अब स्पष्ट हो गया था कि मनि आज मीडिया से नाराज था।

'अच्छा! ऐसी बात है', मैंने कहा।

मनि की नाराजगी यहीं नहीं रूकी। उसने आगे कहना शुरू किया,

'पिछले दिनों पंजाब के मुख्यमंत्री का इंटरव्यू सुना तुमने? जब मीडिया के एंकर को सकपकाना पड़ा।'

'क्या हुआ था' ? मैंने पूछा।

'एंकर उस शख्स से प्रश्न कुछ इस तरह पूछ रहा था कि जैसे कोई पक्ष-विपक्ष में आरोप-प्रत्यारोप चल रहे हों। उस शख्स ने एक उदाहरण देते हुए कहा कि,

एक अध्यापक एक विद्यार्थी से प्रश्न पूछ रहे थे कि,

बताओ कि यदि जंगल में तुम्हारे पीछे शेर पड़ जाये तो तुम क्या करोगे' ?

'मैं पेड़ों में कहीं छुप जाऊंगा,' बच्चे ने कहा।

'यदि शेर ने तुम्हें देख लिया तो' ? मास्टर ने आगे पूछा।

'मैं दौड़कर पेड़ पर चढ़ जाऊंगा', बच्चे ने कहा।

'यदि शेर भी दौड़कर पेड़ पर चढ़ गया तब क्या करोगे' ? मास्टर ने फिर पूछा।

बुरी तरह तिलमिला गया था बच्चा और उसने गुस्से में मास्टर से पूछा कि-

'शेर से तो मै बाद में निपट लूंगा, पर पहले तुम ये बताओ कि तुम बच्चों की तरफ हो या उस शेर की तरफ ? जो उसकी ही तरफदारी करते चले आ रहे हो।'

'तो क्या कहा एंकर ने' ? मैंने पूछा।

'क्या कहता, बुरी तरह सकपकाया। आजकल विश्वास उठ-सा गया है मीडिया से। एक समय वह था जब मीडिया एक निष्पक्ष एवं सच्चे कर्तव्यनिष्ठ की भूमिका निभाता था। माही हम तो सन अट्ठास्सी-नवास्सी से साथ-साथ हैं नोएडा में। उन दिनों की याद हैं न जब नोएडा जिला गाजियाबाद का ही हिस्सा था। नोएडा के कुछ पुराने सैक्टर बस गए थे। गाजियाबाद के पुराने बस अड्डे से बस अर्थला होते हुए मोहननगर आकर रूकती थी। पता नहीं कहाँ से इतनी

सवारी नोएडा के लिए यहाँ से चढ़ती कि बस खचाखच भर जाती थी। बस बीईएल, सीईएल पर भी रूकती तो कुछ सवारी यहाँ भी उतरती और चढ़ती। साहिबाबाद कुछ अधिक सवारी उतरती। फिर नोएडा मोड़ का हाल तो पूछो ही मत। सवारी बस के पीछे लटक-लटक कर नोएडा आती। चिल्ला रैगुलेटर एवं गोल चक्कर होते हुए बस नयाबांस आकर रूकती। हां ! यहाँ आकर बस कुछ खाली होती। बांयी ओर निरूलाज होटल एवं दाहिनी ओर अल्का टाकीज। दिल्ली से आने वाली भी कई बसें थी। धौलाकुआँ से तीन सौ तेईस, केंद्रीय सचिवालय से तीन सौ, पहाड़गंज - करोलबाग से तीन सौ पचपन, लालकिला, पुरानी दिल्ली रेलवे स्टेशन से तीन सौ बत्तीस और शाहदरा से तीन सौ उन्नीस आती थी। गाजियाबाद से दैनिक हिंट और नोएडा से कुछ छोटे-छोटे अखबार जैसे युगांचल, नोएडा से दर्पण, वर्तमान सच्चाई आदि छप रहे थे। राष्ट्रीय अखबारों के साथ-साथ दिल्ली से सांध्य टाइम्स, वीर अर्जुन, रोजगार समाचार पत्र आदि छपते थे। भारत के कोने-कोने से लोग रोजगार की तलाश में नोएडा आ रहे थे। जब नोएडा ने विकास की रफ्तार पकड़ी तो यहां दैनिक जागरण एवं अमर उजाला जैसे राष्ट्रीय स्तर के अखबारों ने भी अपने दफ्तर खोल लिए। मोबाइल शुरू नहीं हुए थे। लोग दूरसंचार के बीएसएनएल की लैंडलाइन फोन पर ही निर्भर थे।

*   *   *

उस रोज अमर उजाला नोएडा के हरौला सैक्टर पाँच स्थित ओफिस में दोपहर लगभग दो बजे लैंडलाइन फोन की घंटी बजी। अमर उजाला के पत्रकार विनोद शर्मा एवं सुदेश त्यागी को कोई लीड मिली थी। दो लोग स्कूटर पर और दो मोटर साईकिल पर सवार होकर सैक्टर पाँच से एकदम रवाना हो गए। बरौला भंगेल होते हुए गेझा की ओर बढ़ रहे थे। जानकारी मिली कि कुलेसरा से पुश्ते-पुश्ते बदमाश आगे-आगे और पुलिस पीछे-पीछे चल रही है। भंगेल से गेझा होते हुए जो रास्ता नंगली वाजीदपुर की तरफ जाता है, वे वहां गए।

पुश्ते के पास जाकर पता लगा, कि कुछ ही देर पहले एक मारुति वैन और उसके पीछे कुछ पुलिस वाले गाड़ी में कालिंदी कुंज की तरफ गए हैं। पत्रकारों की टीम ने भी अपना स्कूटर दौड़ाया और जहां इन दिनों फार्म हाउस है, उनके पास जाकर देखा तो पुलिस की एक गाड़ी ऊपर पुस्ते पर खड़ी थी। नीचे भी पुलिस की दो-तीन गाड़ियां थी। मारुति वैन नीचे फार्म हाउस के पास चारों तरफ से पुलिसकर्मियों द्वारा घिरी हुई थी | पत्रकारों को लगा कि मुठभेड़ हो गई है। पत्रकार धीरे-धीरे पुलिस पार्टी की तरफ बढ़े। चूंकि ज्यादातर पुलिस कर्मी पत्रकारों के परिचित थे, उन्होंने देख कर कहा कि आप लोग उधर ना जाएँ... बहुत शातिर बदमाश है ! वह वैन छीनकर भागे है। हमने यहां आकर पकड़ा है।

फिर भी पत्रकार मारुति वैन की तरफ चलते रहे। निकट जाकर देखा तो, 25-26 बर्ष का एक युवक मारूति वैन की सीट पर बैठा है। और निकट जाकर देखा, तो वह युवक सीट पर रस्सी से बंधा हुआ था। तब तक पुलिसकर्मी पत्रकारों से थोड़ा दूर हो चुके थे। पत्रकारों की मौजूदगी से वे सब सहमे हुए थे। पत्रकारों ने ड्राइविंग सीट पर बंधे व्यक्ति से पूछा कि

'तुमने मारुति वैन कैसे छीनी और कौन थे तुम्हारे साथी?'

इस पर जवाब देने की बजाय उस युवक की आंख से आंसू गिरने लगे।

पत्रकार विनोद शर्मा ने कहा,

'डरो मत हम पुलिस वाले नहीं हैं अखबार से आए हैं सच-सच बताओ क्या हुआ था'?

वह बोला, 'मैं इस पुस्ते से इस फार्म हाउस में नौकरी की तलाश में आया था। मेरे पीछे से एक वैन आई और उसमे से दो बदमाश निकले। पुस्ते पर वैन खड़ी करके बदमाश जंगल की तरफ भाग गए। उस समय मेरे और उस वैन के बीच में कोई आधा किलोमीटर का फासला था, इतने में पीछे से पुलिस की गाड़ी आई और उन्होंने मुझे देखा। देखते ही बोले,

अच्छा! गाड़ी खड़ी कर अब शरीफ बन रहा है। तुझे बताते हैं, हम कैसे करते हैं बदमाशी!'

मैंने कहा कि,

'मैं तो नौकरी की तलाश में इस फार्म हाउस में आया था। मेरा इस वैन से कोई लेना देना नहीं है, बदमाश तो जंगल में भाग गए हैं, आप वहां तलाश लो!'

वह बोले जा रहा था और पत्रकार सुन रहे थे, वह आगे बोला,

'पुलिस वालों ने मेरी एक न सुनी और मुझे इस वैन में ड्राइविंग सीट पर बैठा दिया। मैं तो गाड़ी चलानी भी नहीं जानता साहब। मैं सेक्टर 17 की बी एच ई एल कॉलोनी के निकट झुग्गियों में रहता हूँ। मेरा परिवार वहां है और मैं माली का काम करता हूं। अब यह मुझे गोली मारने वाले थे, कि आप लोग आ गए। अब हो सकता है मेरी जान बन जाए।'

पत्रकार तीन-चार थे, उसकी बात सुनकर बाहर निकले और पुलिसकर्मियों से कहा,

'आपने किसी निर्दोष को क्यों पकड़ लिया? अब आप इसको नहीं मार सकते!'

तबतक आस-पास के लोग इकट्ठा हो गए। एक लड़के ने रस्सी खोली। थोड़ी देर बाद ही पुलिसकर्मी एक-एक कर वहां से निकल लिए और वह मुठभेड़ नहीं हो सकी। इस प्रकार पत्रकारों ने एक निर्दोष व्यक्ति की जान बचा दी।

पत्रकारिता का यह एक ऐसा उदाहरण था जो अब लगभग कल्पना मात्र रह गया| पत्रकारिता की एक जीती-जागती मिसाल। लोग आज भी विनोद शर्मा एवं सुदेश त्यागी को याद करते हैं। ऐंसी ग्राउंड लेवल पर रिपोर्टिंग करने से किसी का हित हो सकता है। विनोद शर्मा कुछ दिनों बाद सेक्टर-17 की झुग्गियों में उस माली से मिलने गया। उसने जब इस परिवार के सामने उस घटना का जिक्र किया तो परिवार के लोग भी फूट-फूट कर रोने लगे। बोले अगर आप लोग ना होते तो आज हमारे घर का यह चिराग हमेशा के लिए बुझ गया होता। ईश्वर प्रत्येक व्यक्ति को सेवा करने का अवसर देता है। अपने कर्तव्य का पालन करने वालों का नाम लोगों के हृदय में अंकित हो जाता है। इतने में हमारे चाय-पानी का दौर समाप्त हो गया और मनि उठकर अपने घर चला गया।

*

5

पाँच रुपये में पोता लो

(सुशील कुमार की स्मृति से एक हिमाचली सामाजिक कहानी)

बाबू विशनदास जी लोक निर्माण विभाग धर्मशाला से ओफिस सुपरिटेंडेंट के पद पर रिटायर हुए थे। लंबाई कोई छः फुट दो इंच। नीची अचकन, सफेद चूड़ीदार पजामा, छोटी-छोटी मूछे, सिर पर पगड़ी और हाथ में छड़ी। आत्मविश्वास से भरा रोबदार गोरा चेहरा, यों लगता जैसे कि कोई राजा-महाराजा हों। रिटायर होने के बाद पास के अपने पैतृक गांव हरिपुर में सैटल हो गये। गांव में चौपाल पर बैठे हुए हों तो आने-जाने वाले लोग राम-राम बाबूजी ! इसी तरह के संबोधन के साथ अभिवादन कर निकलते। स्वयं यदि किसी के घर जाते, तो खांस-मठारकर अंदर जाते। महिलाएं सिर ढककर पैर छूती और छोटे बच्चे भी पैर छूते। सब लोग आदर सम्मान करते। यदि कोई नहीं करता तो वे बोलते- "क्यों भाई फलाने ! आजकल हमसे नाराज चल रहा है या कुछ भाव बढ़ गए हैं तेरे।" इस प्रकार कुल मिलाकर बाबूजी का रूतबा कुछ यूँ बन गया था कि यदि वह चौपाल पर न भी होते तब भी लोग नमस्कार बोलते हुए निकलते।

हरिपुर में बाबूजी के घर के साथ वाला घर लाला राजेंद्र अग्रवाल का था। कभी बड़े पोते के रोने की आवाज आती तो कभी छोटे वाले पोते के रोने की आवाज आती। छोटा वाला कोई आठ महीने का था और रोता बहुत था। बड़ा तीन साल का था लेकिन कुछ नुकसान कर देता तो उसकी पिटाई हो जाती, तो रोता। कभी-कभी कुछ और जिद के कारण रोता। अग्रवाल डरते कि कहीं

बाबूजी बच्चों के रोने की आवाज से नाराज न होते हों। रिटायर होने के बाद अभी नये-नये शिफ्ट हुए हैं।

एक दिन सुबह-सुबह लंबरदार को अपने घर के दरवाजे पर खड़े देखकर डर गया था लाला। लाला को लगा कि शायद बाबूजी नाराजगी जताने आ गये। हाथ जोड़कर बाबूजी से बोले- **"नमस्कार बाबूजी, क्षमा करना, कोई गलती हो गयी। कैसे कष्ट किया बाबूजी?"**

"नमस्कार! अंदर आने को नहीं कहोगे लाला?"

"गलती के लिए क्षमाप्रार्थी हूं." लाला सहमते हुए बोला। डरते-डरते बाबूजी को घर के अंदर ले गया लाला।

कुर्सी पर बिठा कर फिर बोला,

"कैसे कष्ट किया बाबूजी?"

"क्यों? कैसे कष्ट किया का क्या मतलब? पड़ोसी, पड़ोसी के घर बिना कारण नहीं आ सकता क्या लाला? आने के लिए कोई कारण होना जरूरी है क्या?"

लाला ने बाबूजी की आंखों की ओर देखा। बाबूजी की आँखे एकदम लाल थी- अऽऽब लाला और अधिक डर गया था। धीमी सी आवाज में फिर बोलने का साहस किया, **"सब कुशल तो है बाबूजी?"**

"हमारे यहां कुछ नहीं हुआ, सब ठीक हैं। तुम बताओ लाला?" बाबूजी ने कहा।

"ओह, मैं अब समझा! आपकी आंखें देखकर लग रहा है कि आप सो नहीं पाये बाबूजी। हमारे बच्चे रोते बहुत हैं। छोटा तो अभी आठ महीने का ही है, पर बड़ा तो तीन साल का है। जितना चुपाते हैं उतना ही अधिक रोता है। बाबूजी, उसकी तरफ से मैं माफी माँगता हूँ!" लाला आगे बोला।

"हाँ, सो तो मैं नहीं पाया पर इस वजह से नहीं कि तुम्हारे बच्चे रोते

हैं, बल्कि इस वजह से नहीं सो सका कि रात तुम्हारे बच्चों के रोने की आवाज नहीं आयी। रात की सुनसानी देखकर मैं तो रात ही उठकर पूछने वाला था तुमसे, पर रमेश की माँ ने कहा कि सुबह पता कर लेना। खैर बताओ रात से इतना सन्नाटा क्यों है लाला?"

"बाबूजी! बहू के भाई की हमीरपुर में शादी है, सब वहीं गये हैं। घर पर अकेला मैं ही हूँ आज। लेकिन आप बहुत अच्छे आदमी हो बाबूजी!" यह कहते हुए लाला ने बाबूजी के पैरों को हाथ लगाया।

"नहीं-नहीं मेरे पैर मत छुओ लाला! जब तक तुम्हारे बच्चे शादी से वापस नहीं आ जायें, तब तक खाना हमारे ही घर खाना, और सुनों! भाग्यशाली होते हैं वो परिवार जिन्हें बच्चों की किलकारियाँ और रोने की आवाजें सुनने को मिलती हैं।"

यह कहते हुए बाबूजी की आँखों से आँसू की एक बूंद ढलक गई और बाबूजी उठकर चले गये। गग्गल एयरपोर्ट धर्मशाला के आसपास आजकल तो सरकार ने क्षेत्र को बहुत विकसित कर दिया है, लेकिन उस समय में और वर्तमान में धरती आसमान का फर्क है।

वर्ष 1963 में बाबूजी साहब का बेटा रमेश मसरेड में हेड मास्टर हो गया था। बाबूजी उसके यहाँ भी समय-समय पर आते-जाते और वहाँ के सरपंच के घर भी जाते। पास में ही उनकी ससुराल का गाँव कांगड़ा था। लेकिन इतना अधिक पास में भी नहीं था। बस से हरिपुर से मटोर कोई डेढ़ घंटे का सफर और कोई आधा घंटा पैदल भी चलना पड़ता था। ससुराल में सीधे-सादे साले प्यारेलाल, काम में फुर्तीली सलहज वेदकुमारी और उनके दो बेटे, शशी कुमार और सुशील कुमार। शशी कुमार तो पास में कुछ कम ही लगता था, लेकिन छोटा सुशील जिसे प्रेम से घर में अक्सर श्यामू कहते थे, बड़ी सेवा करता था। बाबूजी जब भी किसी रिश्तेदारी में जाते तो फल-फ्रूट अथवा खाने-पीने की

चीजें लेकर जाते और ससुराल में तो वे साल में कम से कम दो-तीन बार अवश्य जाते। दरवाजे पर खांसते-मठारते और तभी अंदर प्रवेश करते। बारी-बारी से सब पैर छूकर जाते और जो न आता उसे बाबूजी पूछते कि वो कहाँ हैं। श्यामू छोटा था खाने-पीने का सामान उसे देते। श्यामू अंदर ले जाकर अपनी माँ वेदकुमारी को देता तो बाबूजी खुश हो जाते। कहते कि यही सही तरीका है। जो बच्चे स्वयं खोलकर खाने लगते हैं वे सभ्य नहीं होते। हमें अपने बच्चों को इसी तरह के संस्कार सिखाने चाहिए। वेदकुमारी तुमने श्यामू को अच्छी शिक्षा दी है। कभी-कभी श्यामू अपने बुआई (फूफाजी) के पैर भी दबाता और पैरों की उंगलियों को खींचकर चटकाता। जब श्यामू से पैर का अंगूठा न चटकता तो वे कहते कि

"श्यामू तेरे अंदर ताकत नहीं है, तू दूध नहीं पीता।"

कभी-कभी श्यामू चतुराई करता और अंगूठा खींचकर दूसरे हाथ की चुटकी से आवाज निकाल देता। बुआई (फूफाजी) खुश हो जाते। एक बार बाबूजी अपनी ससुराल में आये हुए थे। शाम को बुआई जी के पैर दबाते हुए श्यामू ने पूछ लिया कि,

"बुआई जी, जब आप घर आते हो तो दरवाजे पर जोर से खांसते-मठारते क्यों हो? घर तो अपना ही है सीधे क्यों नहीं चले आते। हमारे दरवाजे पर कोई ताला थोड़े ही पड़ा होता। हम जब तक दरवाजा खुद आकर खोलते नहीं तब तक आप दरवाजे पर ही रूके रहते हो।"

"हाँ, ठीक पूछा तुमने बेटा श्यामू। घर अपना हो या पराया हमें दस्तक देकर ही प्रवेश करना चाहिए, अच्छा रहता है। भले ही दरवाजा अंदर से बंद न हो, तब भी किसी के स्वागत करने पर ही उनके घर में प्रवेश करना चाहिए और ध्यान रखना श्यामू, जब कोई आपके घर आये तो उसका स्वागत करने दरवाजे पर आना। भगवान स्वरूप होता है

मेहमान और जब वह जाये तो उसे विदा करने के प्रयोजन से कुछ दूर तक अवश्य जाना।"

सुबह को बुआई जी जंगल-मैदान घूमने के उपरांत स्नान कर बैठे ही थे कि अंदर से श्यामू ने आकर कहा,

"खाना लग गया बुआई जी, आसन बिछाकर मैं आपकी थाली रख आया। दाल चावल, रोटी, साग, छाछ, गुड़ सब है। बस अब आप खा लीजिए।" श्यामू ने बुआई जी से आग्रह किया।

"मैं खाना खाने बैठा भी नही और तुम खाना रख आये श्यामू ? यह ठीक नहीं है। कभी खाना खाने वाले के बैठने से पूर्व उसका थाल नहीं रखना चाहिए और खाना भी नहीं परोसना चाहिए। पहले खाने वाला, खाना खाने के लिए निर्धारित आसन अथवा स्थान पर बैठ जाए तब उसकी थाली रखें और उन्हें व्यंजन बताएं। बनाने से पहले खाने वाले की पसंद पूछ लें तब खाना बनाएं तो और भी अच्छा है। उसकी मात्रा पूछकर जितनी जरूरत हो उतनी ही परोंसे। खाने वाले के निकट उपस्थित रहें और मैं तो चाय सामने रखी होने पर भी नहीं पीता, जब तक परोसनेवाला पीने के लिए अनुरोध न करे। आगे से ध्यान रखना श्यामू, और वेदकुमारी को भी ये सब बात बता देना।"

"ठीक है बुआई जी और खाना खाने वाले का कोई कर्तव्य नहीं है।" श्यामू ने आगे पूछा।

"है ना, खाना खाने वाले का भी कर्तव्य है। वह उचित मुद्रा में बैठें। व्यंजनों के बारे में पूछ कर उतना ही ले जितनी उसे आवश्यक हो। यहां तक कि वह पानी भी उतना ही ले जितनी उसकी आवश्यकता हो। अपनी थाली में जूठन न छोड़ें। खाना खाकर व्यंजनों की गुणवत्ता की प्रशंसा करे। भोजन कराने वाले का धन्यवाद करे। और जब खाने के

बर्तन उसके सामने से उठा लिए जायें तभी वह अपना आसन छोड़े। यदि आप भी किसी के घर जायें, गृहस्वामी चाय परोसे, तो चाय पीने के तुरंत बाद आप अपना स्थान न छोड़ें, बल्कि कप या गिलास उठाने तक प्रतीक्षा करें।"

*　　　　　　*　　　　　　*

उस रोज बाबूजी अपने बेटे रमेश के घर से कोई पंद्रह दिनों के बाद अपने घर लौटे थे। और इस बार फिर लाला राजेंद्र अग्रवाल के घर से कोई आवाज नहीं आ रही थी। तीन दिन के बाद शाम को लाला अपने परिवार के साथ घर आया। लाला ने सुबह को बाबूजी को प्रसाद दिया और बताया कि वह तीर्थ क़रने गये थे। बेरी वाले बाबा के मंदिर पर जाकर मन्नत माँगी। लाला के दो-दो पौते पहले से ही थे। तो फिर लाला को और क्या चाहिए था? क्या मन्नत माँगी लाला ने बेरी वाले बाबा के दरबार में? इसके लिए पढ़ियेगा हमारी अगली रचना 'लंघते जाओ' यानि कि 'पाँच रुपये में पोता लो'– का भाग दो।

*

6

लंघते जाओ

(हिमाचली कहानी 'पाँच रुपये में पोता' लो का दूसरा भाग)

लाला राजेंद्र अग्रवाल अपने परिवार के साथ इस बार तीर्थ यात्रा पर निकले थे। तमाम तीर्थ स्थलों एवं मंदिरों के दर्शन करते-करते आज बेरी वाले बाबा के मंदिर में आ गये थे। सब बारी-बारी से मंदिर के प्रांगण में प्रवेश कर रहे थे। मंदिर के गुंबद से बाहर बाउंड्री के अंदर एक हाथ में चिमटा लिए और दूसरे में मोर का पंख लिए एक ओझा बैठा था। लोग अपना-अपना माथा टेक-टेक कर अपनी मन्नत माँग रहे थे।

लाला राजेंद्र अग्रवाल का पोता ध्यानपूर्वक देख रहा था जबकि और काफी लोग आगे गुंबद की ओर बढ़ते जा रहे थे। एक महिला ने ओझा के पात्र में एक नोट रखकर मस्तक झुकाकर मन्नत माँगी-

"बाबा एक अदद पोता चाहिए।"

ओझा ने एक नजर बुढ़िया की ओर देखा और दूसरी नजर पात्र में रखे नोट पर डाली और जोर की आवाज में बोला- **"पाँच रुपये में कोई पोता मिलता है? कुछ और बढ़ाओ।"**

तो बुढ़िया ने पाँच रुपये और दिये। ओझा ने अपनी भाषा में बुढ़िया को आशीर्वाद दिया और बुढ़िया आगे बढ़ गयी।

राजेंद्र अग्रवाल जी ने भी मन ही मन कुछ मन्नत माँगी और दस-दस के कुछ नोट चढ़ाए और अहाते के अंदर बेरी के पेड़ पर लाल धागा बांधकर मंदिर में बाबा के दर्शन कर वापस आ गए। कई भक्त कह रहे थे कि बेरी वाले बाबा में शक्ति है, मन्नत पूरी करते हैं।

वापस आते हुए लाला राजेंद्र अग्रवाल के पोते ने अपने दादा अग्रवाल जी से पूछा,

"बाबा तो सच्चे होते हैं। आप तो सच्चे हो न बाबा?"

"हाँ बेटा", लाला ने कहा।

"और ये बेरी वाले बाबा?"

"हाँ ये भी, क्योंकि के ये तो हमसे भी बड़े बाबा हैं," लाला ने पोते से आगे कहा-

"पर तुम ऐसा क्यूँ पूछ रहे हो बेटा, कोई शक है क्या?"

"तो क्या तुम्हें भी एक और पोता चाहिए?" पोते ने बड़ी मासूमियत से अपने दादाजी से पूछा।

"नहीं बेटा हमें और पोता नहीं चाहिए। हमारे लिए तो तुम दोनों ही ठीक हो।"

"तो फिर क्या मन्नत माँगी आपने बेरी वाले बाबा से बताओ न?" पोते ने आगे पूछा।

पोते के बाल आग्रह को टाल नहीं पाये लाला और बोले,

"हाँ बेटा! मैने पोता ही माँगा है बाबा से, लेकिन अपने लिए नहीं बल्कि बाबूजी के लिए। उनके बेटे रमेश के कोई बच्चा नहीं है।"

"फिर तो पक्का पोता ही आयेगा उनके घर, क्योंकि आपने तो दस-दस के नोट भी चढ़ाये हैं।"

घर पहुँच कर लाला ने बाबूजी के घर जाकर प्रसाद दिया। उस रोज बाबूजी के बेटा और बहू भी घर आये हुए थे। सबने प्रसाद ग्रहण किया।

* * *

कुछ महीनों बाद लाला राजेंद्र अग्रवाल के बेटे वीरसेन ने मसरेड स्थित अपनी दुकान पर जाते हुए देखा कि मसरेड से हरिपुर के रास्ते में पगडंडी पर भीड़ लगी है। चार-पाँच पनिहारिनो ने कोई लुटेरा आ जाने का शौर मचाया था। जो उनसे उनकी लौंग (नाक का फूल) उतरवाने के लिए बोल रहा था। लुटेरे को गाँव के कई लोगों ने घेर लिया था। कोई उसे गाली दे रहा था तो कोई उसे पीटने को आतुर था। उसकी बड़ी उम्र देखकर कोई बोल रहा था कि इस उम्र में ये काम करते तुम्हें शर्म आनी चाहिए। लंबे कद काठी वाले उस भीमकाय व्यक्ति को निकट से देखने पर वीरसेन को लगा कि उसने लुटेरे को कहीं देखा है। और निकट से देखा,

ओह ! ये तो हैडमास्टर साहब रमेश जी के पिताजी है।

"ठहरो ! कोई हाथ मत लगाना इन्हें। छोड़ दो, ये बहुत बड़े आदमी हैं। हमारे गांव के हेडमास्टर रमेश जी के पिताजी है। आपके सरपंच

साहब के घर भी आना-जाना है बाबूजी का।" यह कहकर वीरसेन ने बाबूजी के पैर छुए। सब लोग रूक गये।

"यदि ये इतने बड़े आदमी हैं तो हम सबकी लौंग (नाक में पहना सोने का फूल) क्यों उतरवा रहे थे?"

"कह रहे थे लौंग दे जाओ", पास खड़ी पनिहारिनो ने आश्चर्यचकित होते हुए पूछा।

"ये ऐसा नहीं कर सकते", वीरसेन ने कहा।

"तो इन्ही से पूछ लो", पास खड़े लोगों ने कहा।

वीरसेन ने बाबूजी की ओर प्रश्नात्मक मुद्रा में देखा। बाबूजी ने कहा,

"कई दिनों से मैं अपने बेटे रमेश के घर रूका हुआ था। आज सोचा कि अपने गाँव जाने से पहले ससुराल भी होता चलूँ। अत: बस से उतरकर पगडंडी के रास्ते पैदल-पैदल चला आ रहा था। रास्ते में देखा तो पानी से भरे हुए बड़े-बड़े घड़े लिए हुए ये पनिहारिनें आ रहीं थीं। मैनें स्वयं एक किनारे पर खड़े होकर इन्हें आगे बढ़ जाने का संकेत दिया और कहा कि, 'लंघते जाओ' अर्थात् आगे बढ़ती जाओ। कांगड़ी में 'लंघते जाओ' ही कहते हैं ना, आगे बढ़ने को?"

"ओह! हमें गलतफहमी हो गई हमनें समझा कि आप 'लौंग दे जाओ' कह रहे हैं" पनिहारिनो ने कहा और अपनी गलती स्वीकारते हुए सब लोग चले गए।

*　　　　*　　　　*

प्रकट रूप से लंबरदार की आंखो में आंसू नहीं थे लेकिन उनके अंतर्मन में आंसुओं का सैलाब था। भारी मन से आगे बढ़ने का प्रयास कर रहे थे लेकिन पाँव आगे बढ़ने से मना कर रहे थे। यों तो ससुराल का गाँव कोई बहुत अधिक दूर नहीं था लेकिन आज उन्हें वह कोसों दूर लगा। आधे घंटे की दूरी कोई

सवाघंटे में पैदल तयकर ससुराल पहुँचे। आज न तो खांसे-मठारे और न ही जोर से आवाज दी। चुपचाप आकर चारपाई पर बैठ गए। जैसे-जैसे पता चला, नमस्कार तो सबने की और पैर भी छुए लेकिन सब संशय में थे।

फलों का थैला हाथ लेते हुए श्यामू ने पूछ ही लिया,

"क्या बात है बुआई जी, आज कुछ ठीक नहीं लग रहा। कुछ हुआ क्या?"

"नहीं-नहीं, कुछ नहीं!" बाबूजी बोले।

"नहीं बुआई जी, आप कुछ छुपा रहे हो, कुछ तो है।" श्यामू उनसे घुल-मिल गया था इसलिए इतनी बात कर बैठा।

"अच्छा ठीक है बताता हूँ, पहले ये सामान अंदर देकर आ," बाबूजी ने श्यामू से कहा।

बस थोड़ी ही देर बाद श्यामू फलों का थैला अपनी माँ वेदकुमारी को देकर आ गया। और बाबूजी ने यह सब वाकिया श्यामू को सुनाया।

"छोड़ो बुआई जी, ये कोई खास बात नहीं है, आप टेंशन मत लो।"

"नहीं श्यामू, आम लोगों को भले ही ये खास बात न हो, लेकिन खास लोगों के लिए ये बहुत खास बात है। हम उस समाज में रहते हैं जहाँ किसी की अच्छाई पर विश्वास करने में लोगों को तमाम अरसा लग जाता है और बुराई पर विश्वास शीघ्र कर लेते हैं, जबकि गलती हमारी न भी हो। दुनिया में झूठे लोगों को बड़े हुनर आते हैं। सच्चे लोग तो इल्जाम से मर जाते हैं।"

श्यामू ने बुआई जी को तमाम ढांढस बंधाया, तब जाकर कहीं बाबूजी भारी मन से सोये, लेकिन शाम को खाना नहीं खाया। अगले दिन घर आये तो बाबूजी को उनकी पत्नी ने बताया कि रमेश का फोन आया है। बहू के पांव भारी है! बाबूजी के हृदय में खुशी की लहर दौड़ गई। रविवार को दोनो पति-

पत्नी रमेश के घर पहुंच गए। और बहू को अपने घर ले आये। और कुछ महीनों बाद रमेश की पत्नी ने एक सुंदर से बेटे को जन्म दिया। घर में पोते का जन्म होने पर बाबूजी ने बहुत खुशी मनाई और सारे गाँव को दावत दी।

डेढ़ साल बाद बाबूजी के यहाँ, एक और पोते ने जन्म लिया। इस बार दावत खाते हुए लाला राजेंद्र अग्रवाल का पोता अपने दादाजी से कह रहा था कि

"आपने दस-दस रुपये के दो नोट चढ़ाए थे इसलिए बाबूजी के दो पोते हुए हैं।"

लाला ने मन ही मन ईश्वर का धन्यवाद करते हुए कहा कि "हे ईश्वर बाबूजी को पोता देकर आज तूने मेरे पोते के बाल मन में ईश्वर के प्रति विश्वास मजबूत कर दिया। तेरा लाख-लाख शुक्र है।"

वर्तमान में चंडीगढ़ में रहने वाले संदीपन और नीरव दोनों भाई कोई और नहीं बल्कि बाबू विशनदास जी के पोते हैं। और श्यामू जो एक समाजसेवी के रूप में सेक्टर 35 नोएडा में रहते हैं। आने-जाने वालों की बहुत सेवा सुश्रुषा करते हैं।

*

7

ऐ- आदमी

उन दिनों अरूणिम अरण्य में राजपाट कुंवर चिंपैंजीलाल का था। एक बार जंगल से वापस लौटते वक्त शाम को कुंवर चिंपैंजीलाल को एक पुल के किनारे खाई की ओर एक लंगूर लटका हुआ दिखाई दिया, जिससे ऊपर नहीं चढ़ा जा रहा था। कुंवर चिंपैंजीलाल को दया आ गयी और उन्होंने लंगूर को बाहर निकाल लिया।

लंगूर ने कुंवर चिंपैंजीलाल के पैर छुए और आभार जताया। आगे कहा कि- **"आप बड़े दयालु हो, आज आपने अपने एक वंशज को बचा लिया।"**

"वंशज, तू हमारा वंशज कहाँ से हुआ ?" कुंवर चिंपैंजीलाल ने पूछा।

"अरे साहब, इतिहास उठाकर देख लीजिये, प्राचीनकाल में हमारे पूर्वज एक ही थे। बस जलवायु एवं स्थान के अनुसार हमारे विकास की दिशा भिन्न-भिन्न हो गई और हम वानर, लंगूर, चिंपैंजी, मनुष्य आदि के रूप में विकसित हो गए। खैर, में आपका यह उपकार कभी भी नहीं भूलूंगा।"

*　　　　　　*　　　　　　*

कुंवर चिंपैंजीलाल एक दिन अपनी चौपाल पर बैठे थे कि वह लंगूर उनके पास आ गया, अभिवादन कर पास पड़े मूढ़े पर बैठ गया, कुंवर चिंपैंजीलाल ने अपने अनुचर से उसे चाय पिलाने को कहा, तो वह बोला,

"साहब रहने दीजिये, मैंने अपने मुँह में पान दबाया है। सुबह 6 बजे से मैं गुटखा खाता हूँ और दस बजे के बाद पान खाता हूँ।" और यह कहते-कहते उसने वही पर एक तरफ थूक दिया।

आगे कहा, **"साहब आपके उस दिन के एहसान के बारे में मैंने अपने घर एवं मोहल्लों वालों को बताया तो वह भी आपसे बड़ा खुश हुए और उन्होंने मुझसे कहा कि कुंवर चिपैंजीलाल को घर बुलाकर आदर सत्कार कराओ, सो उसी के लिए मैं आज आपके पास आया हूँ।"**

कुंवर चिंपैंजीलाल ने कहा,

"नहीं, ऐसी कोई बात नहीं, हमने कोई बहुत बड़ा काम नहीं किया।"

लंगूर ने कहा,

"अरे साहब ! आपके लिए यह छोटा-मोटा काम हो सकता है लेकिन मेरे लिए तो बहुत बड़ा काम है, आपने अपनी जान जोखिम में डालकर मेरी जान बचाई। एक दिन आपको मेरे घर आना ही पड़ेगा।" इस तरह बात करते-करते वह एक बार और थूक चुका था। और वह जब भी आता तो पान की पीक इधर-उधर थूकता।

कुंवर चिंपैंजीलाल ने कहा कि

"आ तो जायेंगे हम तेरे यहाँ, पर एक शर्त है, तुझे गुटखा और पान छोड़ना पड़ेगा, ये हमे बिलकुल पसंद नहीं है।"

"अरे साहब! आपको इसके आनंद का पता नहीं, कितना मस्त रखता है यह पूरे दिन। एक बार खा लोगे तो बार-बार माँगोगे।" लंगूर ने आगे कहा।

कुंवर चिंपैंजीलाल गुस्से में नाक को सिकोड़ रहे थे।

अब लंगूर ने कहा कि

"ठीक है साहब! मैं तब खाऊँगा जब आप के पास नहीं रहूँगा। तब तो चलोगे मेरे घर।" कुंवर चिपैंजीलाल ने स्वीकृति दे दी।

लंगूर ने कहा कि

"साहब मेरे गाँव में मेरा नाम झब्बू है सो आप मुझे लंगूर मत कहना, झब्बू बोलना।"

वार्तानुसार रविवार को सुबह कुंवर चिंपैंजीलाल झब्बू के दिए पते पर पहुंच गए।

झब्बू के मोहल्ले में पान-बीड़ी गुटखे की कई दुकान भी थी। और जगह-जगह कूड़े पर पीक के निशान भी थे। कुछ लंगूर पीकदान भी लिए थे, एक-दो जगह भाँग का नशा भी किये थे, कुछ जगह जुआ एवं ताश खेलने वालों की चौकड़ी भी जमी थीं। कुंवर चिंपैंजीलाल की गाड़ी झब्बू के घर जाकर रुकी तो तमाम लंगूर इकटठे हो गए। कुछ लंगूर जो नशा एवं पान गुटखे का सेवन नहीं करते थे वह इस बात को लेकर ताज्जुब में थे कि, कुंवर साहब यहाँ कैसे आये। क्या कुंवर साहब को आने के लिए झब्बू का ही घर बचा था? खैर झब्बू के बच्चो ने राम-राम कर कुंवर साहब के लिए थाली में बीड़ी-माचिस रख दिए। झब्बू की पत्नी पानी लेकर आयी और रखकर चली गयी। पत्नी देखने

में खूबसूरत थी, कुंवर साहब ने बस पानी पिया, कुछ देर ठहरे और चले आये।

* * *

झब्बू अपने गांव में अपनी प्रतिष्ठा की डींगे हांकने लगा था। एक माह बाद कुंवर साहब को फिर चाय पर आने का निमंत्रण दिया। एक-दो बार ना-नुकर करने के बाद कुंवर साहब मान गए और फिर झब्बू के घर गए। इस बार कुंवर साहब ने चाय पी थी। बीड़ी-पान की थाली को एक तरफ सरका दिया। लोग अब झब्बू की इज्जत करने लगे थे। कुछ यह सोचकर झब्बू की इज्जत करते कि इसका सम्पर्क कुंवर चिंपैंजीलाल से है अतः दुःख मुसीबत में मदद करवा सकता है, हो सकता बच्चों को काम भी दिला दे। अपनी रोजी-रोटी में मदद हो जाएगी।

* * *

अब कुंवर चिंपैंजीलाल और झब्बू की मित्रता बढ़ती जा रही थी। कुंवर चिंपैंजीलाल इस बार झब्बू के छोटे बेटे के बर्थडे पर उसके घर आये थे। आवभगत की शृंखला में झब्बू ने कुंवर साहब से जिद्द की

"बस चुटकी भर खा लो साहब, बस एक बार, बीड़ी में सिर्फ दम लगा लो! गाँव वालों के सामने मेरी इज्जत रह जायेगी, छोटे बेटे का आज पहला बर्थडे है!"

कुंवर साहब उसके अनुरोध को टाल न सके और गुटके की एक चुटकी खा ली। बीड़ी में दम भी लगा लिया।

"झब्बू ले यार, जब तुझे यार मान ही लिया, ला पान भी खा ही लेते हैं" और यह कहते हुए कुंवर साहब ने पान भी खा लिया।

इस बार लंगूर नृत्य का आयोजन हुआ। बंदर-बंदरिया का तमाशा हुआ। एक जोड़ा खूब नाचा।

*　　　　　　*　　　　　　*

अब कुछ लोगो की नजर में जहाँ झब्बू की झूठी साख बढ़ रही थी, वही दूसरी ओर कुंवर चिंपैंजीलाल की साख गिरती जा रही थी। झब्बू कई बार कुंवर साहब के साथ पार्टियों में भी देखा जाने लगा था। अब आस-पास के लोग ऐसा मानने लगे थे, कि यदि पार्टी में कुंवर साहब आएंगे, तो झब्बू भी साथ अवश्य आएगा। कुछ लोग तो जब कुंवर साहब को निमंत्रण पत्र देते, तो साथ में झब्बू का नाम भी लिख देते। एक दिन पार्टी में जाते वक्त कुंवर साहब की गाड़ी में जब झब्बू बैठा तो हाथ में एक डिब्बा भी लटका रखा था। कुंवर साहब ने पूछा,

"यह क्या ले रखा है हाथ में?"

"यह पीकदान है साहब" झब्बू ने कहा।

कुंवर साहब ने झब्बू पर नाराजगी व्यक्त करते हुए कहा कि **"सोसाइटी में हमारी इज्जत का कबाड़ा कराओगे?"**

झब्बू ने प्यार से समझाया,

"कुंवर साहब! पीकदान साथ में रखना बहुत लाभदायक है। एक तो बीच सभा में से उठकर थूकने जाना नहीं पड़ता, दूसरे लोगो का घर गन्दा नहीं होता। रही बात इज्जत की, तो 'बस एक बार', रखना शुरू तो

करो, लोग थोड़े बहुत दिन ही कहेंगे, फिर सब को आदत पड़ जाएगी। - कोई कुछ नहीं कहेगा।"

कुंवर साहब को झब्बू की बात कुछ जंच गयी, और उन्होंने झब्बू को पीकदान साथ रखने की अनुमति दे दी। अब झब्बू 2-3 पैकेट गुटखा एवं 2-3 पान साथ ही रखता। और बीच-बीच में कुंवर साहब को भी दे देता और खुद भी खाता। कुंवर साहब के उपयोग हेतु पीकदान भी आगे बढ़ा देता। शुरू-शुरू में दो-चार महीने लोगों ने आपस में खुसर-फुसर की। फिर लोगों ने खुसर-फुसर भी बंद कर दी। कुछ माह बाद कुंवर साहब ने अपना पीकदान अलग रखना शुरू कर दिया। झब्बू जब भी कुंवर साहव की गाड़ी में बैठता तो उनका सारा सामन, यहाँ तक कि उनकी राइफल भी खुद ही संभालता। चूँकि मित्रता गहरी हो गई थी, अतः कई बार कुंवर साहब भी झब्बू के बच्चों को गोद में लेकर गाड़ी में बैठते। झब्बू का घर भी कुंवर साहब ने एक-एक ईंट चेक कर स्वयं बनवाया था। यदपि कुंवर साहब की कोई बुरी नियत नहीं थी परन्तु चूँकि झब्बू की पत्नी सुन्दर थी तो लोग कुंवर साहब के चरित्र पर शक करने लगे थे। अब कुंवर साहब ने भांग का नशा करना भी शुरू कर दिया था।

*   *   *

कुंवर साहब ने एक दिन देखा कि एक भिखारी झब्बू लंगूर के गांव में भीख माँग रहा था, उसने पूरे गांव के हर गली मोहल्ले में भीख माँगी लेकिन झब्बू लंगूर के घर से भिक्षा नहीं ली। कुंवर साहब को यह बात कुछ कचोट रही थी। आखिर भिखारी ने झब्बू के घर से भीख क्यों नहीं ली ? जबकि मोहल्ले के सभी दूसरों घरों से भीख ली। थोड़ी ही देर में कुंवर साहब पर भांग का नशा हावी हो गया था। एक डेढ़ घंटे बाद नशे की मुद्रा में वह अपनी हवेली की ओर जा रहे थे तभी रास्ते में एक जगह उन्हें एक आकृति का आभास हुआ। कुंवर साहब ने अध-खुली आँखों से देखा, तो उस आकृति में वह भिक्षुक दिखाई दिया, झोली लेकर तेजी से आगे-आगे जा रहा था और कुंवर साहब ने नशे की मुद्रा में ही

पीछे से आवाज लगाई-

"भिक्षुक ठहरो! तुमने झब्बू के घर से भिक्षा क्यों नहीं ली। जबकि वहां तो हम भी बैठे थे?"

अँधेरे में भिक्षुक ने पूछा,

"आप कौन हो अजनबी मुझे नहीं मालूम? लेकिन आप की बात से मैं यह अवश्य समझ गया कि तुम निश्चित ही झब्बू लंगूर के कोई मित्र या रिश्तेदार हो। गाँव में चर्चा है कि कोई दुराचारी, झब्बू के घर आता जाता है। कहीं आप वही तो नहीं हो?"

"भिक्षुक! क्या तुम्हे यह नहीं मालूम कि वह इस क्षेत्र का प्रतिष्ठित कुंवर चिंपैंजीलाल है। वह दुराचारी है, आप ऐसा कैसे कह सकते है भिक्षुक?"

"सत्य होना' जितना आवश्यक है, उससे भी कही अधिक आवश्यक 'सत्य दिखना' है।

यदि वह प्रतिष्ठित कुंवर चिंपैंजीलाल है, तो वह झब्बू जैसे लंगूर के घर क्यों उठता-बैठता है!

जबकि वह लंगूर उसके अनुचर के समान भी नहीं है!" भिक्षुक बोला।

"तो क्या, किसी राजा को अपने अनुचर के घर नहीं आना-जाना चाहिए?" अजनवी ने पूछा।

"जाना चाहिए", भिक्षुक आगे बोला! **"लेकिन कुछ खास अवसरों पर। या तो अनुचर के घर कोई बड़ी मुसीबत हो या उसके घर कोई विशेष खुशी का अवसर हो, जबकि अनुचर कितनी ही बार राजा के घर आता-जाता रहे और इस मामले में तो वह उसकी जाति का भी नहीं है। वह लंगूर है।"**

कुंवर साहब ने कहा-

"कैसी बात करते हो भिक्षुक? यह जातियाँ तो अब बाद में बटीं हैं, जबकि हमारे पूर्वज तो एक ही थे। लेकिन गुणों के अन्तर के आधार पर ईश्वर ने हमें अलग-अलग जाति में जन्म दिया है"

"तो हमारी सबकी प्रकृति अलग-अलग स्वभाविक है! लंगूर को अपने समुदाय और कुंवर चिम्पैंजीलाल को अपने समुदाय में रहना चाहिए। यदि ऐसा नहीं हुआ तो प्रकृति एवं समाज का संतुलन बिगड़ जायेगा।" भिक्षुक बोला।

"आज के इस युग मे जाति-पाति की बात करते हो भिक्षुक! आने वाले युगों में तो पीढ़ियां जातियों का अर्थ भी नहीं समझ पाएंगीं," कुंवर साहब ने कहा।

भिक्षुक आगे बोला,

"नहीं अजनवी! जाति-पाति कभी समाप्त नहीं होंगी। बल्कि सरकारें जातियों की गणना करेंगी। मैं यह नहीं कह रहा कि किसी भी जाति के सदस्य पूर्णतः खराब होते हैं। बल्कि अंशतः खराब सदस्य, किसी भी जाति में हो सकते हैं। गाँव के तमाशे या सर्कस में देखा है ना करतब दिखाते हुए कलाकार एक रस्सी या महीन तार पर चलता है, वह अपना ध्यान लक्ष्य पर केंद्रित रखता है। यदि वह 'बस एक बार' चूक जाये तो उसका जीवन समाप्त हो सकता है और वह चूक न करे तो कलाकार हो जाता है। बात बस एक बार की है।

जीवन एक व्रत है, यदि 'बस एक बार' टूट गया तो पाप की परिधि में प्रवेश कर जाता है। यह चेहरे का पानी ही तो है, जो 'एक बार' उतर गया, तो उतर गया।" समझ गया न?

ऐ-आदमी!

और यह कहकर भिक्षुक अदृश्य हो गया। सुबह कुंवर साहब की आँख खुली तो उन्होंने कभी नशा न करने की कसम खायी और अच्छी संगत मे बैठने का व्रत लिया।

*

8

मुआवज़ा

उस समय नोएडा के बचपन की शुरुआत थी। पाँच-छह साल का ही तो हुआ था नोएडा। चौहान साहब पहाड़गंज से अपने गार्ड चेक करने आते। दिल्ली से नोएडा आने-जाने के लिए भीड़ ज्यादा और बसें कम। पहाड़गंज से तीन सौ पचपन, धौलाकुआं से तीन सौ तेईस, केंद्रीय सचिवालय से तीन सौ, लाल किले से तीन सौ बत्तीस और शाहदरा से तीन सौ उन्नीस। नोएडा के सैक्टर - 6 से चलती। चौड़ा मोड़ पर आते-आते भर जाती।

सन चौरासी में चौहान साहब ने अपना सिक्योरिटी सर्विसेज का ओफिस सैक्टर-12 नोएडा में बना लिया था। उस रोज सुबह के लगभग ग्यारह बजे थे। चौहान साहब को सफदरजंग अस्पताल जाना था। तीन सौ तेईस बस में उनसे आगे चढ़े एक यात्री ने कंडक्टर को तीस पैसे पकड़ाते हुए कहा कि **"एक टिकट मूलचंद का देना भाई!"**

तीन-चार दिन पहले उन्होंने कनाट प्लेस जाते हुए एक महिला को कलावती का टिकट माँगते हुए सुना था। सो उन्होंने भी कह दिया कि

"एक टिकट नरेंद्र का भी दे दो।"

"जाना कहाँ है" ? कंडक्टर ने पूछा।

"मुझे जाना कहीं भी हो, इससे आपको क्या मतलब। मेरा नाम नरेंद्र है, सो नरेंद्र के नाम का दे दो।"

"टिकट नाम से नहीं मिलते, बस स्टाप की जगह बतानी होती है। जितनी दूरी की यात्रा करते हैं उतनी ही दूरी का टिकट मिलता है।" कंडक्टर आगे बोला।

"कमाल है", मैंने कहा।

उस रोज एक औरत कलावती का टिकट माँग रही थी और आज एक आदमी मूलचंद का टिकट माँग रहा है। मेरे नाम का टिकट नहीं है।

मैंने बता ही दिया कि **"सफदरजंग अस्पताल जाना हैं।"**

उसने कहा **"अच्छा ! मैडिकल जाना हैं, तीस पैसे दो।"**

टिकट पकड़ाते हुए उसने कहा कि

"भाई दिल्ली में मूलचंद और कलावती भी अस्पताल हैं।

यह उस समय की बात है जब रेल से दिल्ली में प्रवेश करते थे तो तमाम दीवारें विज्ञापन से भरी होती थी "निःसतांन निराश न हो ! मर्दाना ताकत के लिए संपर्क करें - सबलोक फार्मेसी !"

"पत्नी वही जो, रस्तोगी जी दिलाएं", आदि-आदि।

नोएडा में प्रवेश करते ही- हीरा प्रोपर्टी, धर्म प्रोपर्टी, चोपड़ा प्रोपर्टी, आदि। चाय की दुकान एक - दो या तो नयाबांस में या एक - दो ढाबे हरौला में। बाद में अल्का टाकीज सिनेमा घर भी बन गया था। नोएडा वाले पिक्चर या तो अल्का टाकीज सैक्टर-15 में देखते या फिर चांद सिनेमा कल्याणपुरी में। बस्ती के नाम पर नयाबांस सैक्टर-15 में, हरौला सैक्टर-5 में चौड़ा - रघुनाथ पुर सैक्टर-22 में थे। गिझौड, मौरना, बरौला, छलेरा - सदरपुर आदि भी थे। बीच-बीच में दूर-दूर तक खाली जंगल थे। सैक्टर - 6, सैक्टर- 10, सैक्टर - 12, सैक्टर - 11 आदि औद्योगिक सैक्टर थे। सैक्टर -बारह, पंद्रह, बाईस रेजिडेंशियल थे। सैक्टर-5 एवं सैक्टर-11 मिक्स सैक्टर थे। बरसात में पानी भर जाने के कारण शाम को पाँच बजे के बाद आवागमन लगभग बंद सा हो जाता था।

अचानक पता चला कि तत्कालीन प्रधानमंत्री इंदिरा गांधी की हत्या कर दी गई। पूरे देश में सनसनी फैल गई। बिशेष समुदाय दुश्मन की तरह एक दूसरे के आमने सामने आ गये। कर्फ्यू भी कई जगह लगा। कई जगह आगजनी एवं गोलीबारी हुई। दिल्ली में सन 1984 के सिक्खो वाले दंगों को लोग आज तक नहीं भूल पाये।

सन छियासी-सतासी में चौहान साहब ने राजदूत मोटर साइकिल खरीद ली थी। और नवास्सी में बुलेट ले ली। नोएडा में उस समय सबसे अधिक टीवी बनाए जा रहे थे। हर तीसरी फैक्ट्री इलेक्ट्रॉनिक्स या इलेक्ट्रिकल्स की थी। सैक्टर पाँच में पोलर पंखो की फैक्ट्री बहुत प्रसिद्ध थी। फीनिक्स फुटवियर ने बहुत नाम कमाया। पर सबसे अधिक धूम टी सीरीज ने मचाई थी। सुपर कैसेट इंडस्ट्रीज का दुनिया भर में नाम हो गया। उसके मालिक गुलशन कुमार ने फिल्मों में भी कदम बढ़ाये थे। बाद में 1997 में बंबई में उनकी हत्या कर दी गई थी।

सैक्टर - बीस के सामने सैक्टर- दस की एक फैक्ट्री के गेट पर एक साइकिल वाले दूधिया को एक फैक्ट्री मालिक की कार से टक्कर लग गई थी। वह दूधिया जोर-जोर से चिल्ला रहा था। कार वाले ने उसे उठाने की कोशिश की लेकिन वह नहीं उठा। कार वाले ने कहा कि

"भाई कार तो साइकिल से टच भी नही हुई। तू बिना मतलब क्यों ड्रामा कर रहा है।"

मैंने मोटर साइकिल एक किनारे पर खड़ी कर दी। दूध वाले को उठाया। ना तो उसकी साइकिल में कोई नुकसान हुआ था और ना ही उसके कोई खरोंच आई थी। मैने दूध वाले से कहा कि **"जा, शुकर है बच गया!"**

उस समय बुलेट मोटर साईकिल पुलिस वालों के पास ही होती थी। सो दूधिया मान गया। जाते-जाते कह रहा था कि

"बाबूजी आप न होते तो सौ-पचास रुपये मैं अवश्य ऐंठ लेता इस फैक्ट्री वाले से। नवैडा में लोग पता नहीं कितने-कितने रुपये वसूल लेते हैं।

*　　　　　*　　　　　*

दो-तीन महीने बीते होंगे कि टेलीफोन एक्सचेंज के पास सैक्टर उन्नीस के सामने सैक्टर- 4 में एक ट्रक किसी फैक्ट्री में ईंट लेकर आया था। कुछ भीड़ लगी थी। पता चला कि किसी दूध वाले को ट्रक की झपट लग गयी है। चौहान साहब ने निकट जाकर देखा तो फिर वही भगवत दूधिया था। और इस बार भी उसके कोई चोट नहीं आई थी। चौहान साहब ने उसे डांटकर बीच-बचाव कर दिया। दूधिया ने कहा,

"साहब आप हर बार मेरा नुकसान करा देते हो! जबकि आप मेरे गढ़ वाले जीजा चंद्रपाल के दोस्त हो। उस तरफ से आप भी मेरे जीजा ही हुए। और तो और ट्रक पर पीछे लिखा था कि 'फिर मिलेंगे' पता नहीं जान भी बचेगी या नहीं।"

नोएडा में सैक्टर- 2 में सैक्टर- एक के सामने अच्छा सा मंदिर बन गया था। सैक्टर- 19 में भी एक बड़े से मंदिर की स्थापना हो गई थी जिसका नाम सनातन धर्म मंदिर रखा गया।

सैक्टर- दस मे बाटा की याचना इंडस्ट्री में चौहान साहब को गार्ड चेक करने हर चौबीस घंटे में एक बार जाना ही होता था। सैक्टर- दस के सी- ब्लाक मेन रोड पर आज फिर एक एक्सीडेंट हो गया था। एक फैक्ट्री मालिक की कार किसी बुग्गी से टकरा गयी थी। बुग्गी का बैल गिर गया था। बुग्गी मालिक, उसके दो बेटे एवं पत्नी बैल की चोट का मुआवजा माँग रहे थे।

मुआवजा पाँच से एक रुपया भी कम नहीं लेंगे, दूधिया बोल रहा था।

हो सकता है कि बैल के किसी अंग में फ्रैक्चर भी हो गया हो, उसकी पत्नी ने कहा कि **छः सौ रुपये से कम नहीं लेंगे। हो सकता है कि चोट जिगर में आई हो, तब तो बैल खड़ा भी नहीं हो पायेगा। दो-चार महीने**

दाना भी खिलाना पडेगा अतः रुपये कम से कम एक हजार बनते हैं। बाकी पिताजी छूट-छुटैती आप देख लेना।

कार में अट्ठाइस-तीस साल के दो लड़के थे, जो दो सौ रुपये देने के लिए तैयार भी हो गए थे। परंतु दूधिया नहीं माना। कहने लगा कि

"ये फैक्ट्री वाले लोग महीना एवं हफ्ता वसूली में चुपचाप दे देते हो। और ग्रेटर नोएडा में भाव और भी महंगे हैं हम तो नोएडा के हिसाब से ही माँग रहे हैं।

कार वाले लड़के दो सौ रुपये से अधिक देने के लिए तैयार नही हुए। थाना सैक्टर 20 से दरोगा जी मौके पर आये। देखा तो बैल उठकर सैक्टर - बीस के सामने सैक्टर- दस के पार्क में हरी-हरी घास चरने के लिए चला गया था। कार वाले जा चुके थे। दूधिया की पत्नी ने कहा कि -

"हमने तो कहा था कि दो सौ ही ले लो लेकिन तुम माने ही नहीं। पाँच सौ के चक्कर में दो सौ भी गवां दिये।"

दूधिया ने गुस्से में बैल को तीन चार डंडी जड़ दी।

*

9

सातवाँ आसमान

बचपन में कृष्ण बिहारी शास्त्री को बनारस में उनके घर के लोग 'निकनेम' केबी के नाम से ही पुकारते थे। पढ़ने का इतना शौक कि संस्कृत में एम ए पास करने के बाद भी पढ़ाई जारी थी। बनारस हिंदू विश्वविद्यालय में सहायक प्रोफेसर, प्रोफेसर बन जाने के बाद भी आचार्य की उपाधि हासिल कर ली थी। कालेज के विद्यार्थी अक्सर उन्हें 'केबी सर 'कहकर संबोधित करते लेकिन कभी-कभी कुछ विद्यार्थी उन्हें केबी शास्त्री भी कह देते थे। देखने में गोरे-चिट्टे शरीर के लंबे एवं बलिष्ठ व्यक्तित्व के थे। सामान्य ज्ञान के भी धनी थे। किसी भी बिषय पर चर्चा कर लेते थे। अध्ययन एवं भविष्य निर्माण की दिशा में व्यस्तता में शादी के बिषय पर ध्यान देने के लिए तो उन्हें फुर्सत ही नहीं मिली। नौकरी पाना उनके जीवन का अन्तिम उद्देश्य था। उस समय बीस बाईस बर्ष तक की उम्र में सब लड़कों के विवाह हो जाते थे। लेकिन इनकी उम्र तो अब लगभग तीस वर्ष हो रही थी। एक दिन माँ के अस्वस्थ होने व पिताजी के नाराज होने पर विवाह करने पर सहमति बनी। तमाम रिश्ते आये। किसी में कोई कमी तो किसी में कुछ कमी। गांव का ही एक नाई' घांसीराम' विवाह कराने में माहिर था। उससे भी कह दिया गया। घांसीराम एक रिश्ता लाया। लड़की पढ़ी-लिखी तो थी लेकिन कद में छोटी थी। के बी ने कहा कि, **जोड़ी तो जचनी ही चाहिए।** घांसीराम एक और रिश्ता लाया। लड़की लंबी एवं सुंदर थी, लेकिन पढ़ी-लिखी केवल दसवीं तक थी। उससे भी बात

नहीं बनी। लगभग छः महीने बीत गये। घांसीराम को मतलब का एक रिश्ता मिला। लड़की लंबी एवं सुंदर थी तथा बी ए पास थी बी एड कर रही थी। उन्हे बातचीत के लिए बुलाया गया। बाकी सब बातें तो ठीक थी लेकिन लड़की के पिताजी की पान की दुकान थी, जिसमें बहुत ही कम आय होती थी। उन्होंने कहा कि- **देने के लिए मेरे पास केवल बेटी ही है।**

केबी के पिताजी सहमत नहीं हुए। उन्होंने घांसीराम पर नाराजगी जताते हुए कहा कि

"लोग भी तो हमारी बराबरी के होने चाहिए।"

*　　　　*　　　　*

घांसीराम जो इस बार रिश्ता लाया वह एकदम सटीक था। लड़की पतली, लंबी सुंदर एवं पढ़ी-लिखी थी। उसके लिए केबी के परिवार वाले सहमत हो गए। लड़की वालों से बात की। उन्होंने कहा कि-

बेटी पढ़ी-लिखी है और एम बी ए पास है, तो उससे भी बात कर ली जाये।

दोनों पक्ष बनारस के एक रेस्टोरेंट में बैठे। चर्चा के दौरान लड़की की माँ ने कहा कि-

"मेरी बेटी घर के काम नहीं करेगी। यहां तक कि वह चाय भी नहीं बना पाती। बड़े लाड-प्यार से पाली है हमने"।

लड़की ने केबी से बात की और कहा कि

"मैं इलाहाबाद में सर्विस करती हूँ अत: मैं आपके परिवार वालों के साथ नहीं रह सकूंगी। आपको ही मेरे साथ रहना होगा। आप या तो अपना ट्रांसफर इलाहाबाद करा लेना, या फिर इलाहाबाद रहते हुए रोज पढ़ाने आते-जाते रहना।" इस बजह से बात बनते-बनते रह गई।

*　　　　*　　　　*

मई की छुट्टियों में केबी अपने मित्र देवप्रकाश के पास दिल्ली घूमने आये। सोचा कि देवप्रकाश ने कई बार आने का निमंत्रण भी दिया है और यदि दिल्ली में नौकरी का अवसर मिला तो उसके लिए भी प्रयास किया जा सकता है। देवप्रकाश का घर दिल्ली के निकट गाजियाबाद के शास्त्रीनगर में था। केबी ट्रेन से उतरकर रात को शास्त्रीनगर देवप्रकाश के कमरे पर चले गये। देवप्रकाश की पत्नी बच्चों को लेकर एक माह की गर्मियों की छुट्टियों में अपने भाई के घर गई थी। बस रात को दोनों मित्रों ने खाना खाने के बाद रात को दो बजे तक बचपन की तमाम बातें दोहराई। सुबह नौ बजे नहा-धोकर नाश्ता किया। और केबी ने अपनी नौकरी की बात छेड़ी। देवप्रकाश ने बताया कि पड़ोस की मैडम रितु सक्सेना कह रही थी कि उनके विद्यालय में प्रिंसिपल की जगह खाली हो रही है। तुम आवेदन करके देख लो। सलाह मशविरा कर दोनों मैडम रितु सक्सेना के घर चले गए। घर के बाहर वैद्य देवनाथ जी का छोटा सा बोर्ड लगा था। केबी ने जेब से एक छोटी पर्ची निकाली और उस पर लिखा फोन नंबर नोट कर लिया। देवप्रकाश ने रितु सक्सेना एवं उसके माता-पिता से केबी का परिचय कराया। रितु के माता-पिता ने भी अच्छी तरह बात की और रितु ने चाय पानी के साथ आवभगत की। रितु सक्सेना ने बताया कि

"हां आप बिल्कुल सही समय पर आये हो। हमारे विद्यालय में अगले माह प्रिंसिपल की जगह खाली होने जा रही है और यहाँ के मेयर साहब सर्वेसर्वा हैं, वह चाहेंगे तो काम हो जायेगा।"

"उनसे कौन बात करेगा?" देवप्रकाश ने पूछा।

"सीधा तरीका यह है कि वर्तमान प्रिंसिपल साहब से बात की जाये। मेयर साहब उनकी बहुत इज़्ज़त करते हैं। दो महीने बाद उनका रिटायमेंट है। प्रिंसिपल साहब से मैं बात कर लूंगी। केबी सर कल सुबह आ जायें, नौ बजे। प्रिंसिपल साहब से इस बारे में बात भी कर लूंगी और इनका परिचय भी हो जायेगा।"

"ठीक है", मित्र देवप्रकाश ने हामी भरते हुए कहा।

"पर मैं प्रिसिंपल सर से मिलने का समय ले लूं पहले।"

वह अंदर गयी और फोन पर बात कर वापस आयी।

"हां तो प्रिसिंपल साहब ने मिलने की अनुमति दे दी है। कल सुबह नौ बजे जाना होगा।"

अगले दिन ट्रेन से दोनों शाहदरा प्रिंसिपल सर से मिलने गए। आपके बच्चे कितने हैं रास्ते में केबी सर ने रितु सक्सेना से पूछा। कुछ भी कह नहीं पाई रितु।

केबी सर ने पुनः पूछा।

"आपके बच्चे कितने हैं मैडम?"

"मेरी शादी नहीं हुई", रितु ने सकपकाते हुए जबाब दिया।

"ओह! आपकी शादी नहीं हुई। तो इसमें सकपकाने की क्या बात है। शादी तो अभी मेरी भी नहीं हुई। कितनों की नहीं हुई। इसमें ऐसी कोई बात नहीं है।"

रास्ते में बहुत सारी बातें हुई। इसी तरह तमाम बातों के बीच कब शाहदरा पहुंच गए पता नहीं चला। रेलवे स्टेशन से बाहर आकर केबी सर ने प्रिंसिपल साहब के लिए कुछ फल खरीदे और रिक्शा पकड़ दोनों प्रिंसिपल साहब के घर आ गये। हाथ जोड़, प्रणाम कर फलों का थैला प्रिंसिपल साहब को देकर रितु मैडम ने प्रिंसिपल साहब से केबी सर का परिचय कराया। और अपने आने का प्रयोजन बताया। प्रिंसिपल साहब ने केबी सर की शिक्षा, अनुभव और व्यक्तित्व को समझा और उनके साथ रितु मैडम की आत्मीयता को देखते हुए कह दिया कि-

"आवेदन कर दीजिए। साक्षात्कार 7 जून को होंगे, अपने शिक्षा के मूल प्रमाण पत्र लेकर आना। जाओ मैं मेयर साहब से आपकी सिफारिश कर दूंगा।"

प्रणाम कर रितु मैडम और केबी सर प्रिंसिपल साहब का आभार व्यक्त करते हुए वापस आ गए। शाहदरा रेलवे स्टेशन से ट्रेन पकड़ घर वापस लौट आये। रितु मैडम अपने घर चली गई और केबी अपने मित्र देवप्रकाश के घर।

अगले दिन केबी सर को बनारस के लिए ट्रेन पकड़ अपने घर वापस आना था। देवप्रकाश रेलवे स्टेशन छोड़ने आया। ट्रेन चलने ही वाली थी। केबी चुप थे। चलते हुए मित्र ने कहा कि-

"एक अच्छा दोस्त ही दोस्त के मनोभाव को समझ सकता है, मैं हूँ ना। बात करूंगा रितु के पिताजी से और ट्रेन से उतर गया। ट्रेन चल पड़ी। खुशियों के स्वप्न संजोए केबी सर वापस बनारस आ गये।

* * *

बारिश लगातार होते हुए आज तीसरा दिन था। शास्त्रीनगर में रितु के पिताजी के लैंडलाइन फोन की घटी बजी और फोन कट गया। एक-दो घंटी बजती, और जब वह उठाते **'हैलो-हैलो'** भी करते रह जाते।

इस बार उधर से आवाज आई- **"इंडेन गैस !"**

"सोरी... रोंग नंबर", यह कहते हुए रितु के पिताजी ने फोन रख दिया। बारिश के इन तीन दिनों में यह घटना कई बार हो चुकी थी। इस बार फोन उठाते ही रितु के पिताजी ने कहा-

"यस इंडेन गैस !"

"अंकल मेरा कनेक्शन नंबर..."

"कोई बात नहीं बेटा, मैं समझ गया तुम्हारा कनेक्शन..." रितु के पिताजी ने कहा। और यह कहते हुए उन्होंने रितु को आवाज लगाई-

"रितु बेटी तुम्हारा फोन है।"

रितु फोन पर आई। **"दस से ग्यारह के बीच मम्मी-पापा मंदिर जाते हैं परन्तु अब तीन दिन से बारिश हो रही है इसलिए मंदिर नहीं गये, घर पर**

ही हैं। लेकिन इस तरह बात करने की क्या जरूरत थी आपको। सीधे अपना नाम बता देते और कह देते कि आपको मुझसे बात करनी है। चलो खैर कोई बात नहीं। मैंने मम्मी को सब कुछ बता दिया है।"

बनारस में घरवालों से इस बार केबी खुशी के भाव छुपा नहीं पा रहे थे। आखिर एक दिन उन्होंने अपने पिताजी को बता ही दिया कि "मेरी नौकरी शाहदरा के एक प्रसिद्ध कालेज में लग रही है और शादी भी गाजियाबाद से होगी। मैंने लड़की देख ली है।" पिताजी पर एकदम ऐसा आघात हुआ कि जैसे बिजली टूट पड़ी हो। अब पिताजी का क्रोध सातवें आसमान पर था। वह नहीं चाहते थे कि जिस पुत्र को उन्होंने इतने लाड-प्यार से पाला हो वह उन्हें छोड़कर चला जाये। पड़ोस के महाशय जी ने उन्हें ढांढ़स बंधाया।

"हमें अपने बच्चों के उज्जवल भविष्य में बाधा नहीं बनना चाहिए। भेज दो अपने बेटे को दिल्ली। और आपको तो यह भी खुशी होनी चाहिए कि अब वह शादी भी कर रहा है। बहू-बेटा यदि आपके साथ नहीं भी रहेंगे तो कोई बात नहीं वे आपस में तो खुश रहेंगे।"

बात दशरथ जी की समझ में आ गयी और उन्होंने अपने बेटे केबी को अनुमति दे दी। और कुछ दिन बाद केबी सर एवं रितु मैडम की शादी गाजियाबाद में खूब धूमधाम से हो गयी। उसके बाद केबी के माता-पिता भी गाजियाबाद में उन्हीं के फर्स्ट फ्लोर पर शिफ्ट हो गये।

*

10

पहली होली

(लघु कथा)

अक्सर उदास रहने वाली वाणी में अब कुछ बदलाव-सा लगने लगा था। अब ऐसा क्या हो गया था जो लगता ही नहीं था कि वह चेहरा कभी उदासीन भी रहा होगा। हल्के रंग के परिधान पहनने वाली वाणी अब चटक गहरे रंग के वस्त्र पहनने लगी थी। नयनों का तेज, सांवली त्वचा वाले चेहरे पर भी रोशनी बिखरने लगी थी। कोई अहसास था जिसके वजह से उसके चेहरे पर मुस्कान ठहरने लगी थी। शिमला में बिजली की तरह कभी गई भी तो कुछ ही देर बाद फिर आ गयी मुस्कान यूं घिरी रहती थी वाणी के चेहरे पर। और हो भी क्यों न, अभी 13 जनवरी को लोहड़ी के दिन ही अचानक उसका फोन जो आ गया था। फोन पर बस इतना सा ही कहा था-

"पहचानो, मैं कौन हूँ ?"

"कहाँ हो आकाश ?" पहचानते हुए वाणी ने पूछा !

14 फरवरी को आओगी मिलने, मिलन केंद्र पर 11 बजे ?

और फोन काट दिया।

यह वही आकाश था जिससे इंजीनियरिंग कालेज से आते समय पहली बार मुलाकात "आकाशवांणी बस स्टैंड" पर बैठे बाबा के पास हुई थी। बाबा को हाथ दिखाते हुए एक शख्स पूछ रहा था-

"बाबा, इंजीनियर हूँ इसी कालेज से, पिछले वर्ष का पास आउट हूँ बताओ मेरी नौकरी कब लगेगी?"

"किस ब्रांच के इंजीनियर हो बेटा?" बाबा ने पूछा।

"इलैक्ट्रिकल ब्रांच से हूँ बाबा!"

"ये तो मैं नहीं बता सकता बेटा, क्योंकि मैं तो मैकेनिकल ब्रांच से हूँ।"

खिल-खिलाकर हंस पड़ी थी वाणी और तब से अक्सर बस स्टैंड पर उसकी मुलाकात आकाश से हो ही जाती थी। वास्तविक नाम तो उनका निखिल और कल्पना था परंतु आकाशवाणी केंद्र के बस स्टैंड पर मुलाकात होने के कारण उन्होंने एक दूसरे का प्रेममय नाम आकाश एवं वाणी रख लिया था। नजदीकियां बढ़ने पर वह दोनों एक दूसरे से शहर के मिलन केंद्र पर मिलने लगे थे। आकाश कभी-कभी दार्शनिक अंदाज में बात करता था। चुप तो वाणी भी नहीं रहती। बस स्टैंड की कैंटीन में चाय आने से पहले ही बोल पड़ी थी-

सुनो! आपको तू कहने को मन करता है, कितना बदतमीज है मेरा प्रेम। पता नहीं दोनो ने ऐसी ही कितनी बातें कही थी। आखिरी बार उसने कहा था- **देख लेना वाणी, तुम्हारे हाथों में लगने वाली मेहंदी, जब तुम्हारे बालों में लगने लगेगी, तब भी आकाशवाणी के साथ ही होगा।**

किसी को मुफ्त में मिल गया था वह शख्स, जो वाणी को हर हाल में चाहिए था। और तेरह फरवरी को रात कुछ ज्यादा ही लंबी हो गई थी। सुबह होते ही वाणी ने जल्दी ही तैयार होकर मिलन केंद्र की बस पकड़ ली।

'चुन्नी में चुन्नी में चुन्नी में परफ्यूम लगावे चुन्नी में...' बस में बहुत जोर से बज रहा था।

मिलन केंद्र के सामने बस ड्राइवर ने स्टीरियो बंद कर ब्रेक लगाये और मिलन केंद्र जाने वाली सवारियां उतर गई। मिलन केंद्र की ओर जाते हुए वाणी

सोच रही थी कि वह आकाश से मिलते ही कह देगी सौरी आकाश मुझसे गलती हो गयी थी, जो मैंने बिना सोचे उस समय तुम्हें 'भेड़िया' कह दिया था। वैसे भी आज प्रणय दिवस है और कुछ ही दिन बाद होली है। इस समय सौरी कहना और क्षमा करना आसान होता है।

*　　　　*　　　　*

11 बजे मिलन केंद्र की कैंटीन में वाणी ने प्रवेश किया। चारों ओर देखा तो कई अजनबी बहुत निकटस्थ मुद्रा में बैठे अपनी बातों में व्यस्त थे। पर वह नहीं था, जिसे वाणी ढूंढ रही थी। निराश मन लिए वापस मुड़ी ही थी तो आकाश खड़ा था। आलिंगनबद्ध होकर मिला। वेपरवाह होकर बोला-

"मोहब्बत कोई लिबास नहीं है वाणी, जिसे जब जी चाहे बदल दो। मेरे लिए तो कफन है मोहब्बत, जो एक बार पहन लिया तो उसे उतारा नहीं जा सकता।"

"मैं आज भी तुम्हारा हूँ वाणी !"

अलग हुए तो सबकी नजरें आकाशवाणी की ओर थी।

"गुलाब नहीं लाए आकाश, अपनी वाणी के लिए"? वाणी ने आकाश से पूछा।

"गुलाब तो नहीं, मैं गुलाल लाया हूँ" और यह कहकर आकाश ने वाणी के गालों को रंग दिया... और कहा **"होली है..."**

"अरे यह क्या कर रहे हो, होली के अभी बीस दिन है।"

"नहीं वाणी, जब कटुता भूल जाओ तब होली है।"

"हैप्पी होली............इस बार होली जल्दी आ गयी।"

आकाश से थैली लेकर और भी कई जोड़ो ने आपस में गुलाल लगाया।

ये तो शिमला के निखिल एवं कल्पना थे जिनकी मुलाकात की शुरुआत आकाशवाणीं के निकट बस स्टैंड पर हुई थी और प्रेममय उन्होंने आपस में एक दूसरे का नाम आकाश और वाणीं रख लिया था। तो क्या आकाश एवं वाणी अर्थात निखिल एवं कल्पना की शादी भी आपस में हो सकी, इसके लिए पढ़िएगा हमारी अगली कहानी 'बेल का पेड़'।

*

11

बेल का पेड़

प्रस्तुत कहानी 'बेल का पेड़' ढलती उम्र में होने वाले आधुनिक विवाहों व बढ़ते संबंध-विच्छेद की घटनाओं पर आधारित एक सामाजिक कहानी है।

आज उज्ज्वला अपने पिताजी से अपने छोटे भाई निखिल की शादी के विषय में बात कर रही थी। कह रही थी,

उज्ज्वला : पिताजी आप ही मान जाइए ना! जहाँ निखिल चाहता है, शादी उसी लड़की से कर दीजिए ना निखिल की।

पिताजी : *(तौलिया से हाथ पोछते हुए)* ये क्या बात कह रही हो उज्ज्वला! जानती भी हो वह किस बिरादरी की लड़की है, जिससे निखिल

शादी करना चाहता है? क्या इज्जत रह जायेगी समाज में हमारी। इसकी मोहब्बत के आवेश में बहकर हम क्या मुँह दिखायेंगे अपने रिश्तेदारों को? अरे ये मोहब्बत का भूत ज्यादा देर नहीं टिकता है, मेकअप की ही तरह उतर जाता है कुछ ही देर बाद। *(पिताजी ने आवेश के स्वर में कहा)*

सरला मासी : तभी रसोई से बाहर आते हुए साऊथ इंडियन कुक सरला जिसे घर के लोग अक्सर मासी कहकर पुकारते थे, हाथ में सब्जी काटने वाला चाकू दिखाते हुए बोली, "किसकी ईम्मत है नाक काटने की, मैं चाकू से उसकी जीभ काट लूँगी। ये चाकू सिर्प सब्जी काटने का ई नई है, और बी काम कर सकता अ। जैसा अ मुंह, वैसा ई दिखाएंगे। और बाअर मास्क लगाकर जाया करो।"

पिताजी *(पिताजी ने मासी को टोका)* जब तुम्हें हिंदी ठीक से समझ नहीं आती मासी, तो तुम बीच में मत बोला करो।

मासी : ऐं?

उज्ज्वला : *(उज्ज्वला सूप पीते हुए एवं पिताजी चाय पीते हुए)* पिताजी! जीवन में सभी निर्णय हमारे नहीं होते, कुछ निर्णय प्रकृति और समय के भी होते हैं। नाहक ही मोहब्बत को बदनाम करते हैं लोग। हमने तो सात फेरों के बंधन में बंधने वालों को भी दगा देते हुए देखा है। जरूर मुकर गया होगा कोई जुबान देकर, वरना सफेद पन्ने पर लिखकर दस्तखत करने की शुरुआत न हुई होती। आप तो स्वयं मुक्तभोगी हैं। मेरी शादी तो आप ही की इच्छा से हुई थी। क्या हश्र हुआ, सब आपके सामने है। घर में शाम को डिनर करते हुए आप ही ने कहा था कि एकदम 'चांद का टुकड़ा' है लड़का। इकलौता लड़का सारी जायदाद का वारिस है। पिताजी का अच्छा बिजनेस है और शादी कर दी थी आपने मेरी एक धनवान सुंदर लड़के से।

पिताजी : तो कौन-सी गलती की थी।

उज्ज्वला : एक रोज रात को अपने उस चांद के दोस्त की एन्नीवर्सरी की पार्टी से देर से घर लौटे थे हम। आग बबूला हो गयी थी सास। वह मेरी अंग्रेजी से बहुत चिढ़ती थी, और पति को अंग्रेजी बोलना तो दूर वह तो ठीक से समझ भी नहीं पाता था। कह रही थी कि सोसाइटी में अंग्रेजी में बोलकर धाक जमा रही होगी, सास ने क्लास लगाकर खूब झाड़ा था। जिस चांद के लिए अनेकों बार व्रत रखा था उस रोज मेरे पक्ष में एक भी शब्द नहीं बोला उसने। मैं जब भी भरतनाट्यम का रियाज करती तो सास तमाम ना-नुकुर करती।

ओढ़ने-पहनने पर अपनी बेटी को कभी नहीं टोका सास ने। बस! पेश बहू पर चलती थी। कभी जींस नहीं पहनना तो कभी सूट सलवार नहीं पहनना। ड्रेस कोड भी उन्हीं को ही निर्धारित करना था। और पति, वह भी अपनी माँ की ही हाँ में हाँ मिलाता था।

पिताजी : अपने ही होते हैं, जो कपड़े ओढ़ने-पहनने पर टोकते हैं, बहू को अपनी आबरू समझकर रखना चाहते हैं वर्ना गैर तो नंगा देखने में खुश हैं, कहीं न कहीं।

उज्ज्वला : जब वह देर से घर आता, तो मुझे उसकी फिक्र रहती थी और जब मैं देर से घर पहुंचती थी तो सारे घरवाले मुझ पर शक करते थे।

सरस इवेंट के मंच पर जब परफॉर्म किया था मैंने, तो तमाम ओडियंस ने घंटों तक तालियां बजाईं थीं। सोचा था कि घर के लोग बहुत खुश होंगे। लेकिन घर आकर देखा तो माहौल बिल्कुल विपरीत था। लगा कि जैसे सबको सांप सूंघ गया हो।

सरला मासी : सांप सूंघ कर चला गया, अच्छा हुआ काटा नहीं।

पिताजी : *(पिताजी ने मासी को डांटते हुए कहा)* मासी तुम्हें कहा ना, बीच में मत बोला करो। जाओ, तुम रसोई में अपना काम करो।

मासी : ओह सोरी। बोत् बोत् सोरी।

पिताजी : मर्द अगर औरत को टोकता है तो उसका मतलब यह नहीं उज्ज्वला, कि वह उस पर शक करता है, या उसे अपनी औरत पर विश्वास नहीं है, बल्कि वह उसे स्वयं की इज्जत समझता है और स्वयं से ज्यादा उसका ख्याल रखता है। खुशनसीब होती है वह औरत, जो तुम नहीं समझ पायीं।

उज्ज्वला : पिताजी ! आचरण पर भी उल्टे-सीधे आरोप लगे थे मेरे। जो बाहर के नहीं कहते वह घर के कहते थे और झूठ के आरोप लगाने में जाता ही क्या है पिताजी। मशक्कत तो सत्य को करनी पड़ती है स्वयं के अस्तित्व को साबित करने के लिए।

अड़ोसी-पड़ोसी जितने मेरा शो देखने गये थे तमाम ने परिवार वालों को समझाया था। उनको भी भला-बुरा कहा था सासू ने।

रहना है तो पाँव की जूती की तरह रहना होगा ससुराल है ये कोई माँ का घर नहीं।

तारों ने लाख सबूत दिये मेरी बेगुनाही के पर उस चांद को ही भरोसा नहीं बन पाया मुझ पर जिसने सात फेरों के साथ वचनों में बंधना स्वीकार किया था। वह एक आज्ञाकारी सुपुत्र तो बना रहा, लेकिन एक जिम्मेदार पति कभी नहीं बन पाया।

पिताजी : पुत्र तो सब स्त्री चाहतीं हैं कि उन्हें श्रवण कुमार जैसा मिले, लेकिन श्रवण कुमार जैसा पति किसी को नहीं चाहिए।

उज्ज्वला: उस दिन चाँद के व्यवहार से हृदय बहुत व्यथित हुआ था पिताजी। तभी काम वाली बाई ने सांत्वना देते हुए कहा था कि- अरे चांद ने तो श्रीराम को भी नहीं बख्शा था, फिर तुम्हारी तो बिसात क्या है। लंका से श्रीरामचंद्रजी अयोध्या वापस आये थे तो चांद कहीं छुप गया था और कह दिया था कि आज तो अमावस है। यह सोचकर

कि श्रीराम कहीं रास्ता भटक जायेगें। लेकिन अवाम ने साथ दिया। सब ने दीप जलाए और श्रीराम के दर्शन कर दीपावली मनाई। फिर एक दिन सज-धज कर निकला चांद और कहा कि आज देखो तो कितना सुंदर है पूनम का चांद। हंस दिये लोग, मजाक सूझी सबको और कहा कि आज होली है। सारा गरूर धरा का धरा रह गया चांद का।

पिताजी : ऐसा नहीं है उज्ज्वला, कि गलती मात्र चन्द्रमोहन की या उसके परिवार की ही हो, कमोवेश गलती तुम्हारी भी थी। जमाना कहां से कहां आ गया, तमाम डाकखाने थे जो प्रेम से चलते थे, और कचहरियां नफरत से। अफसोस की बात है कि डाकखाने बंद होते जा रहे हैं और कचहरियां बढ़ती जा रही है।

अगर उलझ गए थे, तो आप ही सुलझा लेती, रिश्ते का एक सिरा तो तुम्हारे भी हाथ में था। शिकायतों की एक-एक पाई जोड़ती रही। काश, एक बार मुस्कराकर उसे गले लगा लिया होता, तो सारे घर की मालकिन बन गई होती। जिसे चाहती थी वह नहीं मिला, तो जो मिला एक बार उसे चाहकर देख लेती। रही पांव की जूती वाली बात। तो पांव की जूती होना कोई आसान काम नहीं है। एक के टूटने पर दूसरे का अस्तित्व समाप्त हो जाता है। सदैव साथ ही रहते हैं एक दूसरे के।

उज्ज्वला : तो क्या करते? पिताजीः हाथ पकड़े रहना था एक-दूसरे का और बात छोड़नी थी, लेकिन आप तो बात पकड़ कर बैठ गए और हाथ छोड़ बैठे। कहीं दूर तक साथ चलना था तुम्हें, लेकिन तुम तो एक-दूसरे से ही दूर चले गए। कहने को तो एक साल साथ रहे तुम दोनों, पर प्रेम के साथ नहीं, आरोप-प्रत्यारोपों के साथ। ठहरो! उठकर क्यों जाने लगी। सास की बुराई पर लैक्चर घंटो तक दे लेती हो, और जब अपना नंबर आया तो महफिल छोड़कर चल दी।

उज्ज्वला : आपके अनुसार सारी कमी मेरी ही थी और दूध का धुला था चंद्रमोहन?

पिताजी : नहीं, मेरा अभिप्राय यह नहीं है। कमियों के साथ स्वीकार करने का वचन होता है शादी, जो तुमने नही निभाया। कभी-कभी बहुओं को अपनी सास में अपनी माँ की छवि भी महसूस करनी चाहिए।

उज्ज्वला : यह कभी नहीं हो सकता पिताजी! क्योंकि माँ की सदैव यह भावना होती है कि जो स्वयं उसे झेलना पड़ा है, वह उसकी बेटी को न झेलना पड़े। और वही माँ जब सास के रूप में होती है तो बहू के प्रति उसकी भावना यह होती है कि जो बहू रहते हुए उसने स्वयं झेला है तो उसकी बहू क्यों नहीं झेल सकती।

हमने ये किया, हमने वो किया, इस तरह की बातें करते हुए पूरी हिस्ट्री पढ़ाती है सास। पुराने समय में ही जीती हैं। काश नये समय को स्वीकार लें, तो समस्या ही खत्म हो जाये।

पिताजी : याद करने के लिए विद्यार्थी काल अर्थात् 22-24 साल की ही अवस्था ज्यादा अच्छी होती है, वर्ना उसके बाद तो बहुत कुछ भूलना ही अच्छा रहता है सुखी जीवन के लिए।

रात की मुट्ठी में सवेरा भी रहता है, मगर शर्त यह है कि पहले जी भरकर अंधेरा झेलना पड़ता है, तब जाकर देखने को मिलता है कहीं सूरज की किरणों का उजाला।

शुरू के कुछ वर्ष सहन कर गयी होती तो शायद बाद में सब कुछ अच्छा हो गया होता।

उज्ज्वला : वैसे, बिछुड़ क्यों गए इसकी बजह नहीं जानना चाहोगे पिता जी? *(उज्ज्वला ने धीमे स्वर में कहा)*

पिताजी : बिछुड़ने की सौ वजह होंगी, तुमने जुड़े रहने की बस एक वजह तलाश ली होती। आवेश में अपना घर छोड़कर हमारे पास आ गयी तुम। क्या फायदा हुआ, कुँआरी बची न शादीशुदा।

उज्ज्वला : दो-दो घरों की लक्ष्मी कहलाने वाली लड़कियों को कोई घर क्यों नहीं मिल पाया आज तक ? कभी पिता के घर तो कभी पति के घर आरंभ से किराएदार सी ही बनी रही।

पिताजी : तुम अभी आदमी को समझ ही कहाँ पायी हो, हिफाजत के मामले में अपनी पसंदीदा औरत को छूने वाली हवाओं का भी दुश्मन होता है वो। अवैतनिक नौकर बना रहता है पति और थोड़ी बहुत नादान भी बनों, होशियारी में पैर देने वाले अक्सर परेशान ही दिखते हैं।

उज्ज्वला : *(उज्ज्वला ने धीमे से फिर कहा)* फिर उसका फोन भी तो नहीं आया पिताजी।

मासी : *(मासी फिर बोल उठी)* आया था न चंद्रमोहन का फोन उस रोज, जब तुमने बिना सुने ही मुझे कह दिया था कि जो भी हो उससे बोल दो कि उज्ज्वला का दिमाग कराब है, अबी बात नहीं कर सकती।

उज्ज्वला : *(उज्ज्वला ने आश्चर्यचकित होते हुए मासी से पूछा)* अरे वह फोन चांद बाबू का था ? और मैने तो कहा था कि तबियत खराब है बोल दो। तुमने दिमाग खराब है क्यों कहा ?

मासी : ओह सोरी.... मुझे नहीं पता कि दिमाग और तबियत अलग-अलग चीज हैं इंदी में। बोत्-बोत् सोरी।

पिताजी : *(पिताजी ने अपनी बात आगे शुरू की)* हाऊ स्वीट, तुम्हारी आवाज कितनी अच्छी है से लेकर सारा दिन चिक-चिक करती है तक का सफर है ग्रहस्थी। प्राचीन काल से ही पति की सोच रही है कि यदि वह मेहनत कर पैसे कमाता है तो उसकी पत्नी को पैसे कमाने की कोई आवश्यकता ही नहीं है, जबकि वर्तमान परिवेश में ऐसे मामले

बढ़ते जा रहे हैं कि जहाँ पत्नी पैसे कमाती है तो वह सोचती है कि उसे पति की ही कोई आवश्यकता नहीं है।

उज्ज्वला : नही, ऐसी बात नही है पिताजी!

पिताजी : अरे नाटक देखकर रो पड़ते हैं लोग और सच को नाटक बताते हैं। एक समय वह था जब हम जादू पर भी यकीन कर लेते थे और आनंद की दुनिया में जीते थे। जीते तो हम आज भी हैं पर हकीकत पर भी शक करते हैं। और मरे हुए से भी बदतर रहते हैं।

शक कोरोना से भी खतरनाक वायरस है जो रिश्तों की जीवन लीला को लील लेता है। और परवाह वह संजीवनी बूटी है जो कभी रिश्तों को मरने नहीं देती। शादी के बाद जितनी देर फोन पर माँ से बतियाती थी तुम काश उससे आधी देर सास से बात कर ली होती तो सास माँ बन गयी होती और यह नौबत ना आती। पापा की परी कहतें है आजकल ऐसी लड़कियों को लोग।

मासी : *(स्वयं से बात करते हुए मासी ने रसोई में से ही कहा)* शक, इतना कतरनाक वायरस है, तो सरकार जरूर इसका कोई ना कोई उपाय डूंडेगी, कोरोना की ई तरअ।

उज्ज्वला : आज उज्ज्वला ने फिर अपने पिताजी से कहा कि निखिल की शादी वहीं कर दीजिए न पिताजी जहाँ वह चाहता है। मुझसे उसकी उदासी नहीं देखी जाती। प्रेम करता है वह कल्पना से।

पिताजी : एक बार कह दिया ना, हम निखिल को उस लड़की से शादी करने की अनुमति नहीं दे सकते।

एक गंभीर मानसिक बीमारी है प्रेम, जिसमें इंसान की कुछ ज्ञानेंद्रियां काम करना बंद कर देती हैं।

उज्ज्वला : पिताजी! अगर उन्होंने भाग कर शादी कर ली तो?

पिताजी : यदि वह हमारी अनुमति लिए बिना शादी करना चाहे तो वह स्वतंत्र है। लेकिन बोल देना रांझें से, अगर भागना चाहे घर से, तो सोच समझ कर भागे, आजकल कटघरे में हीर बदल बहुत रहीं हैं। पहले अंधी हुआ करती थी मोहब्बत। इलाज करा लिया अब उसने, बैंक बैलेंस, गाड़ी, बंगला देखकर होती है।

अतः मोहब्बत की किश्ती में सोच-समझकर सवार होवे, जब ये चलती है तो किनारा नहीं मिलता और जब ये डूबती है तो सहारा नहीं मिलता।

(उस रोज निखिल एवं कल्पना इस्कॉन मंदिर के कंपाउंड में मिले। निखिल ने कल्पना का हाथ पकड़ा और राधा-कृष्ण की प्रतिमा के चारो ओर चक्कर लगाए। और कहा कि आज हम एक-दूसरे को पति-पत्नी के रूप में स्वीकारते हैं, और जीवन भर पति-पत्नी के धर्म को निभायेंगे। यह कहते हुए निखिल ने पूजा की थाली में रखे सिंदूर को चुटकी में लेकर कल्पना की माँग में भरने के प्रयास किया। कल्पना ने निखिल को रोक दिया और कहा)

कल्पना : यह क्या कर रहे हो निखिल? पति-पत्नी केवल एक दूसरे के मानने भर से नहीं बन जाते। हिंदू धर्म में विवाह एक संस्कार है, जिसे पाणिग्रह संस्कार कहा जाता है। समाज के सामने अग्नि को साक्षी मानकर सदैव जीवन भर एक-दूसरे के साथ रहने की शपथ लेनी होती है। विवाह में केवल पति-पत्नी ही रिश्ते में नहीं बंधते बल्कि दो परिवारों के साथ-साथ अनेकों लोग रिश्ते में जुड़ते हैं। अपने घर वालों को सहमत कर लो, बारात लेकर आ जाना, खुशी-खुशी पति स्वीकार कर लूंगी तुम्हें। किसी को भाभी मिलती है तो किसी को चाची और किसी को मामी और किसी को बहू।

निखिल : जैसे ही आंख लगती हैं कल्पना, ख्वाबों में झट तुम आ जाती हो। और जी चाहता है कि सुबह न हो कभी।

कल्पना : हां तुम ख्वाब तो देख लेते हो निखिल। उससे पूछो जो ख्वाब ही ना देख रही हो। मुझे तो नींद ही नहीं आती निखिल और आजकल रात भी न जाने कितनी लंबी होने लगी। परिवारों की बिना स्वीकृति के मैं इसे विवाह नहीं मान सकती। *(और यह कहकर कल्पना मंदिर से चली गई।)*

निखिल पर अभिनीत

भुलाए से भुलाई जाये ना,
कहानी जो अधूरी रह गई।
बुझाये से बुझाई जाये ना,
अगन जो जल रही॥
भुलाए से भुलाई जाये ना,
कहानी जो अधूरी रह
छुपाएं भी तो हम कैसे,
बताएं भी तो हम कैसे॥
छुपाए से छुपाई जाये ना,
कहानी जो अधूरी रह गई॥
भुलाए से भुलाई जाये ना..... कहानी जो अधूरी रह॥
जुदाई की सहेंगे क्या,
अकेले ही हम पीड़ा।
समझ में कुछ भी आये ना,

कहानी क्यों अधूरी रह गई....
भुलाए से भुलाई जाये ना...... कहानी जो अधूरी रह॥
क्या साथ रहने को,
सभी कुछ अग्नि के फेरे।
वचन तो भर लिए थे,
फिर कमी क्या रह गई॥
भुलाए से भुलाई जाये ना..... कहानी जो अधूरी रह॥
कैसे बन जायें हम पत्थर,
दिलों से तोड़ लें प्रीति।
सही हमसे तो जाये ना,
वो कैसे सह रही॥
भुलाए से भुलाई जाये ना..... कहानी जो अधूरी रह॥

उज्ज्वला : *(एक सप्ताह बाद आज फिर उज्ज्वला ने अपने पिताजी से कहा)* पिताजी, निखिल की शादी वहीं कर दीजिए न, जहाँ वह चाहता है। मैं नहीं चाहती कि मेरी ही तरह उसका भी घर टूटे।

पिताजी : मैं तो किसी तरह झेल भी लूंगा उज्ज्वला, लेकिन तुम्हारी दादी के दिल पर क्या गुजरेगी, कभी सोचा है तुमने?

(क्या दादी ने निखिल एवं कल्पना की शादी में रोड़ा नहीं अटकाया होगा या दे दी होगी सहज अनुमति इसके लिए पढ़िएगा हमारी अगली कहानी 'बेल का पेड़।'

*

12

बेल का पेड़ - 2

पिताजी निखिल की शादी कल्पना से करने के लिए अब लगभग तैयार हो गए थे और निर्णय की सुई दादी पर आकर टिक गयी थी। प्रस्तुत कहानी 'बेल का पेड़-भाग-2' आधुनिक विवाहों पर आधारित है।

इतने में ही अंदर से दादी की आवाज आयी-

दादी : कुच्छ नहीं गुजरेगी अब दादी के दिल पर। गुजर तो तब रही थी जब निखिल की उम्र चौबीस साल थी, रिश्ते के लिए जब भी लोग पूछते थे, तो तुम लोग टाल देते समय लड़का-लड़की ज्यादा पक्के नहीं होते और विचारों का आपस में मिलना व ढलना आसान होता है। अब जब तीस साल के हो गए तो पक्की मिट्टी के बर्तनों के समान हो गए, टूटने के चांस ज्यादा होते हैं। उज्ज्वला के साथ भी कुछ ऐसा ही हुआ था, शादी इक्कीस बाईस साल की उम्र में कर दी होती और शिक्षा एक-सी होती, तो शायद इसका भी घर न टूटता।

वो वक्त और था जब स्त्रियाँ एक नापसंद इंसान के साथ भी पूरी जिंदगी बिता देती थीं, जिससे उनके माँ-बाप को कोई तकलीफ ना हो।

बुढ़ापे का सहारा, ना बेटा होता है, ना बेटी। बुढ़ापे का एक मजबूत सहारा 'बहू' होती है। हमें उसे प्रेम से अपनाना चाहिए।

अब निखिल और कल्पना तीस साल के हो गए हैं, सोच-समझकर निर्णय लेंगे। और विवाह से पूर्व यदि प्रेम है, तो यह कोई अपराध नहीं है। बेटे की आंखों में बहुत आंसू देख चुकी हूँ मैं, अब पोते की आंखों में आंसू देखने की ताकत नहीं बची, बूढ़ी हो गयी हूँ मैं। शकुंतला की शादी के पाँच बर्ष बाद तक किसी ने भी हंसी नहीं देखी थी तेरे चेहरे पर।

किसी शरीर में यदि सांस न हो, न वो चलता-फिरता हो और न बोलता है मुर्दा उसे कहतें हैं लोग। मैने तो एक मुर्दे को कई साल तक चलते फिरते देखा है।

औरों से छुपा लिया होगा तूने, पर मै तो माँ हूँ न तेरी। जो बिना कहे भी समझ जाये, वह होती है माँ।

प्रेम आत्मा की खुराक है बेटा, यह वह अमृत है जो मरने वालो में भी जीने का भाव पैदा कर देता है। औलाद के लिए बाप वहाँ भी हाथ फैला देता है जहाँ पर वह पाँव रखना भी पसंद नहीं करता। मुझे मंजूर है ये शादी।

* * *

पिताजी : मरने के लिए थोड़ा सा और जीने के लिए बहुत सारा जहर पीना पड़ता है, यह अहसास हमें आज हुआ। प्रेमिकाएं पत्नियाँ होना चाहती रहीं और पत्नियाँ प्रेमिकाएं! कोई पुरुष किसी स्त्री को पूरी तरह मिल पाया है क्या? शकुंतला दो का पहाड़ा थी मेरी, और पांच साल तो क्या, दो के पहाड़े को कोई जिंदगी भर नहीं भूल सकता। लोगों से लाख छुपाया उसने, पर टूट गयी थी उस रोज जब उसके पिताजी ने उससे पूछा- बता क्या रिश्ता है तेरे और अजय के बीच? क्या तू प्रेम करने लगी है अजय से? तुझे अजय की कसम है। कसम मेरी सुनी, तो मुकरने से मना कर दिया उसके दिल ने। हां कर दी उसने और कह दिया कि वह प्रेम करती है मुझसे। लोग...

सिनेमा हॉल में खूब आंसू बहाकर-बहाकर हमदर्दी से देखते हैं प्रेम कहानियों पर आधारित फिल्में ! पर निजी जीवन में पता नही क्या हो जाता है लोगों को। पेड़ से बांध कर प्रेमी युगल की जान लेने पर उतारू हो जाते हैं। खुलकर रो भी नहीं सके थे। खुश रहने का इतना दबाव था हम पर। बस तमाम लोगों की तरह उसके घरवालों ने भी आनन-फानन में ब्याह कर दिया उसका कोई लड़का देखकर। दुःख इस बात का नहीं कि उसने छोड़ दिया था मुझे, बल्कि दुःख इस बात का था कि अजय के अलावा उसका कोई और था नहीं। बालिग भी नहीं हो पाई थी बेचारी शकुंतला। ये अजयप्रताप सिंह जिसे चाहता था वह नहीं मिली और जो मिली वह भी कोरोना की दूसरी लहर में हमें छोड़कर चली गई। उज्जवला की शादी से पहले करवा चौथ पर बोला गया उसका एक संवाद मैं आज तक नही भूल पाया, जिसमें आलिंगनबद्ध होते हुए उसने मुझसे कहा था कि-

"पति का कितना अच्छा किरदार निभाते हो कुंवर साहब ! कभी-कभी पूजा करते समय ईश्वर से कामना करती हूं कि मेरी बेटी को भी मेरे पति जैसा ही पति मिले।"

किसी पुरुष का बचपना सिर्फ दो ही स्त्री देख पाती हैं, पहली उसे जन्म देने वाली माँ और दूसरी उसकी प्रेमिका।

क्या कल्पना को भी तुम पसंद हो निखिल? *(पिताजी ने तेज स्वर में पूछा)*

निखिल : कल्पना यहीं है पिताजी, आप स्वयं कंफर्म कर लो। *(निखिल ने धीमे स्वर में कहा)*

पिताजी : *(निखिल एवं कल्पना दादी के पास ही खड़े थे। परिवार के सभी सदस्य आसपास मौजूद थे।)* पिताजी ने निखिल एवं कल्पना की ओर मुखातिब होते हुए कहा, "प्रेम और विवाह दो अलग-अलग बातें हैं। दोनों का आपस में संबन्ध नहीं भी हो सकता।

वैसे भी प्रेम बुद्धिमान लोगों की पूंजी नहीं है। किसी एक को बेवकूफ बनना पड़ता है तब जाकर कहीं मिलती है प्रेम को मंजिल।"

प्रेम का अर्थ अंत तक उन वादों को निभाना होता है जो अनुकूल परिस्थितियों में किये गए थे।

विवाह एक व्यवस्था है, प्रेम एक अवस्था है! प्रेम बिना शर्त है! परंतु विवाह, शर्तों के अधीन है! इसलिए विवाह और प्रेम के बीच संघर्ष रहना स्वभाविक है!

क्या तुम सच में निखिल से प्रेम करती हो कल्पना? निखिल का चिल्लाना भी बर्दास्त कर सकोगी। आंगन में गुलाब का केवल फूल ही नहीं खिलता, उसके साथ पत्तियाँ और कांटे भी होते हैं जिन्हें पानी देना होता है। निखिल के साथ हमारा पूरा परिवार है। जरूरत पड़ने पर पानी दोगी ना हमें?

विवाह करोगी निखिल से?

होठ तों साथ दे रहे थे, चुप बैठ गये थे उसके पक्ष में। लेकिन कल्पना की आंखों ने बगावत कर दी। जिसे होठ छुपा रहे थे, आंखें बढ़-चढ़ कर कह रही थी। अब समझने के लिए कुछ और शेष नहीं था। धीरे-से कल्पना की पलकों ने हया का परदा ओढ़ लिया था।

पिताजी : *(पिता जी ने कल्पना के पिताजी को फोन किया)* नमस्कार, मंगलाचरण जी! कुंवर अजयप्रताप सिंह बोल रहा हूँ निखिल का पिता। बधाई हो! कल्पना बहू के रूप में स्वीकार है हमें। बताओ बारात लेकर कब आ जायें हम?

मंगलाचरण : नमस्कार कुंवर साहब! आपको भी बहुत बधाई हो। अहोभाग्य हमारे वैसे फुलेरा दोज का दिन सबसे शुभ रहेगा।

पिताजी : ठीक है तो नोएडा ओडिटोरियम आज ही बुक कर दीजिए। खर्चा मिल बांटकर आधा-आधा कर लेंगे।

(धूमधाम से निखिल एवं कल्पना की शादी हो गई। बारातियों के साथ दादी एवं मासी भी नाची।)

*   *   *

उज्ज्वला : *(शादी के अगले दिन की रात्रि को शयन कक्ष में जाने से पूर्व उज्जवला ने छोटी भाभी कल्पना से कहा)* मुबारक हो कल्पना भाभी, आज तुम्हारी सुहागरात है।

कल्पना : सुहागरात में क्या-क्या होता है दीदी ?

उज्ज्वला : इसमें भी कोई सीखने की बात है ? खुद ही पता चल जाता है सब कुछ। वैसे भी चांद के और मेरे बारे में तो तुम्हे पता ही है। हम तो अलग-अलग रहें हैं।

कल्पना : कभी कोई अच्छी बात भी तो हुई होगी दीदी तुम्हारे और जीजू के बीच, बताओ न अपनी सुहागरात वाली बात।

उज्ज्वला : चांद बहुत भोला था। मधुर-मिलन पर शयनकक्ष में उसने मुझसे पूछा था, "चुबंन ले लूं" ?

"कश्ती डूब जाएगी !" मैने कहा।

डर सा गया चांद और हिम्मत जुटाकर फिर पूछा, "तो फिर क्या करूँ मैं" ? उसने पूछा

कल्पना : तुमने क्या कहा दीदी ?

उज्ज्वला : डूब जाने दो कश्ती ! मैं बोली। और फिर वह... समझ गयीं ?

*   *   *

उज्ज्वला के छोटे भाई निखिल की शादी को अब लगभग दो सप्ताह बीत चुके थे। खुशियों का खुमार धीरे-धीरे नीचे उतर गया था। शादी के पूर्व की रौनक लगभग अदृश्य हो चुकी थी। एक वक्त वह था, जब

उज्ज्वला एवं उसके छोटे भाई निखिल का बेड एक ही कक्ष में रहता था और वह रात में घंटों तक एक दूसरे से बतियाते थे कि केवल भाई-बहन ही एक-दूसरे का पूरा संसार हैं। और बदला हुआ वक्त अब था, जब निखिल अपनी पत्नी का हो गया था। और उज्ज्वला को उसका कक्ष एक सुनसान कोठरी लगने लगा था। अब उसे अपने उस पति चंद्रमोहन की याद बेचैन करने लगी थी, जिसके विरुद्ध संबंध-विच्छेद का मुकदमा न्यायालय में लंबित था।

उज्ज्वला : *(ख्यालों में कुछ यूँ गुनगुना रही थी)*

सो गये दिल की कहानी, अपनी अपनों को सुनाकर।
काश कोई अपना भी होता, हम भी सो जाते सुनाकर...

एक ऐसा वक्त भी था, थे खोलकर दिल बोलते।
वक्त ने करवट क्या बदली, उससे पहले तोलते।।
दूर हमसे हो गये वो, सौ-सौ मजबूरी गिनाकर...

किसलिए वादा किया था, सारा जहाँ है आपका।
सब सितारे आपके हैं, आसमाँ है आपका।।
किसलिए सपने दिखाए, क्या पूछ लें उनको जगाकर...

शायद उनके दिल ने माना, दिल हमारा दिल नहीं।
चुपके से बतला तो जाते, आपके काबिल नहीं।।
गैर कर क्यों छोड़ बैठे, गैर से अपना बना कर...

(पिताजी को लगा कि उज्ज्वला अभी अपने कमरे में सोयी नहीं है। वह अपने कमरे से उठकर बराबर वाले कमरे में सोयी अपनी बेटी उज्जवला के पास आये।)

पिताजी : दरवाजा खटखटाकर अंदर आते हुए बोले-

"क्या हुआ बेटी उज्जवला, रात का डेढ़ बजा है तुम अभी तक सोयी नहीं? क्या चंद्रमोहन की याद आ रही है? शायद वह भी अब अकेला पड़ गया हो, दो माह पहले उसकी भी बहन की शादी जो हो गयी है। वैसे भी परसों तुम्हारे डाइवोर्स केस के फाइनल जजमेंट की तारीख है सो तुम्हारी कोर्ट में चंद्रमोहन से मुलाकात तो होगी ही, या किसी ने कुछ कहा, क्या बात है?"

उज्ज्वलाः हंसा तो कितनों के भी सामने जा सकता है पिताजी, एक शख्स तो ऐसा भी चाहिए जिसके सामने रोया भी जा सके। सुना है शोर से भी जग जाते हैं लोग। मुझे तो शान्ति नहीं सोने देती। आज, मधुमालती की बेल को बेलपत्र के तने से लिपटे हुए देखा। बेल सूख गई थी, परंतु तने को छोड़ा नही था। न जाने कैसे छोड़ जाते हैं पति-पत्नी एक दूसरे का साथ। मुझे उसकी बहुत याद आई। काश! मैं हार गई होती, तो जीत गई होती जिंदगी से। मैं अभी जीवित हूँ, मुझे चांद के पास ले चलो पिताजी। मैं हार मान लूँगी अपनी। शायद एक बूंद पानी डाल दे माली और फिर से हरी हो जाये बेल तो लोग कहेंगे-बेल का पेड़।

पिताजी : हां, ठीक कह रही हो बेटी। और सुबह का भूला यदि शाम को घर वापस आ जाये तो उसे भूला नहीं कहते। जल्दी तैयार हो जाना सुबह को छः बजे। चंद्रमोहन के घर चलेंगे। नवरात्र आने वाले हैं। देवी माता के व्रत रखना और जरूरतमंदों को भोजन कराना। इंसान की बनाई हुई मूर्ति को पूजते हैं हम, तो जीती हुई माँ को क्यों नहीं। आशीर्वाद लेना चरण छूकर सास माँ के।

और अगले दिन सुबह उज्जवला अपने पिताजी के साथ चंद्रमोहन के घर चली गई।

*

13

बापू - सासाराम

(शुक्रवार के दिन कनाडा से चंद्रमोहन का दोस्त मंगल तीन वर्ष बाद नोएडा अपने घर आया। मंगल ने पाया कि अब उसके धार्मिक माता-पिताजी ने मंदिर एवं आश्रम आना-जाना छोड़ दिया। प्रस्तुत कहानी धार्मिक प्रेरणा पर आधारित है।)

चंद्रमोहन का दोस्त मंगल इस बार तीन वर्ष बाद अपने घर नोएडा आया था। शुक्रवार की सुबह 3 बजे एयरपोर्ट उतर कर टैक्सी पकड़ सीधा नोएडा अपने घर पहुंचा। माँ एवं पिताजी तो गर्मजोशी से आलिंगनबद्ध होकर मिले ही, साथ ही मंगल चंद्रमोहन से भी खूब गले लगकर मिला। माँ ने खाने में उसकी पसंद के कई व्यंजन बनाए। डिनर चंद्रमोहन ने भी उनके साथ ही किया। खा-पीकर तमाम बातें की। रात को अपने घर चंद्रमोहन देर से आया। उज्जवला अपने

कमरे में जागी हुई थी। लेकिन चंद्रमोहन की माँ लगभग सो चुकी थी। चंद्रमोहन ने अपने कमरे से ही माँ को आवाज लगाई-

"माँ-माँ तुम सो गयी। माँ मेरी बात तो सुनो।"

माँ जाग गई और चंद्रमोहन एवं उज्जवला के पास आई।

"क्या बात है चांद? सब ठीक तो है। मंगल सही सलामत तो है?"

"हां माँ सब ठीक है। मंगल ने आज एक महत्वपूर्ण बात बताई। तुम दोनों भी सुनो।"

चंद्रमोहन की बात उसकी पत्नी उज्जवला एवं माँ बड़े ध्यान से सुनने लगे।

मंगल ने अपने माता-पिता से पूछा:-

"माँ कल तो रविवार है, आप तो पिताजी के साथ सासाराम आश्रम जाओगी सत्संग सुनने?"

"नहीं बेटा! अब हम आश्रम नहीं जाते। न तो तुम्हारे पिताजी जाते हैं और न ही मैं", उसकी माँ ने कहा।

"अच्छा। माँ आप दोनों ने आश्रम जाना क्यों छोड़ दिया?" मंगल ने आश्चर्यचकित होते हुए पूछा |

"बेटा! पिछले वर्ष एक-दो कथावाचक जेल चले गये थे, बस तबसे मन फीका हो गया। न तुम्हारे पिताजी जाते और ना मैं। अब ये तो पता ही- नहीं लगता कि कौन भला है और कौन ढोंगी ? बस इसी चक्कर में मंदिर और कथाओं में भी जाना ही छोड़ दिया", मंगल की माँ ने कहा।

"ये तो अच्छा नहीं किया माँ!" मंगल ने कहा।

"एँ... अच्छा नहीं किया? कैसे अच्छा नहीं किया," माँ ने पूछा।

"बताता हूँ" मंगल बोला,

"तुम्हें याद है न माँ, एक बार जब मैं कोई तीन साल का था, तो - तुम

मुझे लेकर हफीजपुर मामा के घर गयी थी। वहां मेरी आंखे - दुखने आ गयी थी। तुम अगले दिन मामी के साथ मुझे डॉक्टर के पास अमरोहा लेकर गयी थी। रास्ते में हम मामा के खेतों से होते हुए निकले थे। जुलाई का महीना था। मामा ने तीन महीने पहले ही खेतों में गन्ने की बुआई की थी। उन दिनों गन्ने और मक्का की बुआई के साथ ही किसान फूट एवं कचरिया के बीज भी बो देते थे। बेल से कभी तुम, तो कभी मामी फूट एवं कचरा तोड़कर खाती। मैं भी गोद से उतर कर कचरा तोड़कर खाता। कचरा मुझे कड़वा लगता। मैं थू-थू कर थूक देता। तुम दोनों को फिर खाता देख मैं फिर कचरा तोड़ता और खाता। कचरा मुझे फिर कड़वा लगता और मैं फिर थूकता। तो तुम्हीं ने मुझे कचरा खाना सिखाया था माँ। कहा था कि- बेटा! केवल ऊपर की ही परत खानी होती है। दांत अंदर बीजों तक नहीं गुढ़ाने होते। कड़वा केवल अंदर है। फिर मैंने भी केवल ऊपर की ही परत खाई जो एकदम मीठी थी।"

"उस स्मृति से मैं यही कहना चाहता हूँ माँ, कि हमें किसी आश्रम में प्रवचन या सत्संग में किसी महाराज या कथावाचक के द्वारा केवल मंच पर कही गई अच्छी बातों पर ही ध्यान देना चाहिए और उन्हें ग्रहण करना चाहिए। मंच से हटकर उनके निजी जीवन में नहीं झांकना चाहिए। अच्छी बातें हमें जहाँ भी सुनने को मिलें, हमें सुननी चाहिए। यदि हम मंदिर एवं कथाओं में जाकर अच्छी बातें सुनना छोड़ देंगे तो हम अपने धर्म के प्रति अन्याय करेंगे। धर्म हमें आचरण एवं जीवन जीने की शैली सिखाता है।"

"अच्छा बेटा, तू तो बड़ा होशियार हो गया है" मंगल की माँ ने कहा। "अब हम फिर से जाया करेंगे सत्संग प्रवचन सुनने और मंदिर भी।"

"कल रविवार है, सुबह मंगल के मम्मी-पापा बापू सासाराम आश्रम फिर से जायेंगे सत्संग सुनने", चंद्रमोहन ने अपनी माँ से कहा।

"अच्छा बेटा!" अब चंद्रमोहन की माँ बोली।

"अब हर रविवार को मैं भी जाया करूंगी आश्रम उनके साथ।"

अगले दिन सुबह चंद्रमोहन की माँ भी मंगल के मम्मी-पापा के साथ बापू सासाराम आश्रम जाने के लिए तैयार हो गयी। जाते समय उज्जवला ने चंद्रमोहन की माँ अर्थात अपनी सास माँ को अपना मोबाइल देकर सत्संग की महत्वपूर्ण बातें रिकार्ड करने हेतु अनुरोध किया। और चंद्रमोहन की माँ मंगल के माता पिता के साथ आश्रम चली गई।

चंद्रमोहन की माँ ने आश्रम में सुनाए गये प्रवचन से क्या कहानी रिकार्ड की उसे जानने के लिए पढ़िएगा हमारी अगली कहानी 'प्रेमगंगा'

*

14

प्रेमगंगा

(चंद्रमोहन के दोस्त मंगल के माता-पिता अब पुनः प्रवचन सुनने आश्रम जाने लगे थे। चंद्रमोहन के आग्रह पर उसकी माँ भी उन्ही के साथ आश्रम जाने लगी थी। कभी-कभी प्रवचन के कुछ हिस्सों को मोबाइल में रिकार्ड भी करती। कभी-कभी कुछ सीडी भी लाती। प्रस्तुत है आश्रम के प्रवचन की रिकार्ड की गई आध्यात्मिक कथा पर आधारित कहानी 'प्रेमगंगा'।)

कृष्ण राधा से 16 वर्ष की आयु में बिछुड़ गये और फिर कभी नहीं मिले। एक बार स्वर्ग में विचरण करते हुए एक दूसरे के सम्मुख आ गये। राधा को अचानक सामने देख कृष्ण विचलित हो गये। लेकिन राधा के मुख पर प्रसन्नता बिखर गई। कृष्ण इसलिए विचलित हो गये क्योंकि वह प्रेम को छोड़कर गये थे और राधा के मुख पर इसलिए प्रसन्नता बिखर गयी क्योंकि वह प्रेममय गई थी। सकपकाते हुए कृष्ण कुछ कहते इससे पहले राधा बोल उठी, **"कैसे हो द्वारकाधीश?"**

कोई पिता अपने बेटे को चुन्नू मुन्नू कहकर पुकारता रहा हो या कोई मित्र अपने मित्र को पप्पू - सोनू आदि कहकर पुकारता रहा हो, और वह अचानक उसे उसके वास्तविक नाम से पुकार बैठे तो कष्ट होना स्वाभाविक है। राधा के मुंह से द्वारकाधीश शब्द सुनकर बात कृष्ण को अंदर तक घायल कर गई।

"तुम ऐसा क्यों कहती हो राधा? तुम्हारे लिए तो मै वहीं कान्हा हूँ। आओ कहीं बैठकर बात करते हैं।" दोनों बैठकर बातें करने लगे।

कृष्ण ने कहा-

"राधा, तुमसे बिछुड़ने पर मुझे तुम्हारी बहुत याद आती थी। बहुत दु:ख होता था मुझे। जीवन सूना-सूना हो गया था राधा। आंखों से आंसू निकलते थे रात-दिन।"

"अच्छा... ऐसी बात थी!" राधा बोली, "लेकिन हमारे साथ कभी ऐसा नही हुआ। क्योंकि हम तो तुम से कभी बिछुड़े ही नहीं थे कृष्ण। सोते-जगते, नहाते-खाते सदैव तुम्हारे साथ ही रहते थे। और हमें कभी तुम्हारी याद भी नहीं आती थी, क्योंकि हम तो तुम्हें कभी भूले ही नहीं थे कृष्ण। आँसू भी कभी नहीं बहाये इन आँखों ने, आंसुओं की बूंदों में तुम कहीं बाहर न निकल जाओ।

कुछ कड़वे सत्य वचन सुन पाओ तो सुनाऊँ मैं?"

"कान्हा से द्वारकाधीश बनने पर, प्रेम से अलग होने पर तुमने क्या खोया उसका एक आईना दिखाऊं मैं? कृष्ण कभी सोचा कि इस तरक्की में तुम कितना पिछड़ गये? यमुना के मीठे जल से शुरू होकर समुद्र के खारे पानी तक आ गये। एक ऊंगली से चलने वाले सुदर्शन चक्र पर भरोसा कर लिया और दस ऊंगलियों से चलने वाली बांसुरी को भूल गए। कृष्ण जब तुम प्रेम से जुड़े थे, तो तुम एक ऊँगली पर गोवर्धन पर्वत उठा कर लोगों को विनाश से बचाते थे। और प्रेम से अलग होने पर वही ऊंगली क्या-क्या रंग दिखाने लगी। सुदर्शन चक्र उठाकर विनाश के काम आने लगी। अंग तो वही होता है। प्रेम से जुड़े तो वह विकास के काम आता है और प्रेम से अलग हो तो वह विनाश करता है। कान्हा और द्वारकाधीश में यही एक बड़ा अन्तर है स्वामी और क्या अंतर है बताऊँ मैं?"

"तुम कान्हा होते तो सुदामा के घर जाते। सुदामा तुम्हारे घर कभी नहीं आते। तुम तो धर्मशास्त्र के ज्ञाता हो, नीति के निर्माता हो। पर महाभारत के युद्ध में क्या निर्णय लिया तुमने? अपनी सारी सेना कौरवों को सौंप दी और स्वयं को उस अर्जुन के हवाले कर दिया जो तुम्हारी ही सेना पर तीर चला रहा था। सेना तो राजा की प्रजा होती है स्वामी। तब

तुम्हारे अंदर तनिक भी करूणा नही जागी ? क्योंकि तुम प्रेम से शून्य हो गये थे कृष्ण, शून्य।

युद्ध और प्रेम में यही एक बड़ा अंतर होता है। युद्ध में आप मिटाकर जीतते है और प्रेम में मिटकर जीतते है।"

"आज भी आप धरती पर जाकर देखो कृष्ण, अपनी उस द्वारकाधीश वाली छवि को ढूंढते रह जाओगे।"

"आज भी घर-घर में और मंदिरों में कान्हा की छवि को पाओगे। और जहाँ-जहाँ कान्हा को पाओगे वहाँ-वहाँ यह राधा साथ खड़ी होगी स्वामी। द्वारिकाधीश बहुत कम जगह मिलेंगे, बहुत कम जगह। क्योंकि लोगों को ज्यादा प्रेम पसंद है।"

"आज भी यदि कहीं भागवत होती हो, उसमें भले ही मेरी चर्चा न होती हो, पर यदि कोई विराम आता हो, या समापन होता हो, तो लोग कहते हैं- राधे-राधे !"

आश्रम में चंद्रमोहन की माँ ने अगले सप्ताह जो आध्यात्मिक कहानी रिकार्ड की उसके लिए पढ़ियेगा हमारी अगली लघुकथा 'राजगद्दी'।

*

15

राजगद्दी

(आश्रम में चंद्रमोहन की माँ के मोबाइल में रिकार्ड की गई अगली आध्यात्मिक लघुकथा)

एक दिन संध्या के समय अपने तीनों भाईयों के साथ सरयू के तट पर विचरण करते हुए श्रीरामचंद्रजी ने अपने छोटे भाई भरत से कहा-

लगता है कुछ पूछना चाहते हो प्रिय भरत! कहिये क्या जिज्ञासा है?"

अनुमति पाकर छोटे भाई भरत ने पूछा-

"क्षमा कीजिएगा भ्राताश्री, मेरे मन में यह प्रश्न है कि माता कैकयी ने आपको वनवास दिलाने के लिए मंथरा के साथ मिलकर जो षड्यंत्र रचा, क्या वह राजद्रोह की श्रेणी में नहीं आता? उनके इस षडयंत्र के कारण जहाँ एक ओर राज्य के भावी महाराज और महारानी को चौदह

वर्षों तक वनवास झेलना पड़ा वहीं दूसरी ओर पिता महाराज को अपने प्राणों की आहुति देनी पड़ी। सामान्य नियमों के अनुसार ऐसे षडयंत्र के लिए तो मृत्युदंड दिया जाता है। फिर आपने माता कैकयी को मृत्युदंड क्यों नहीं दिया?"

श्रीराम मुस्कराये और बोले-

"प्रिय भरत किसी कुल में एक चरित्रवान और धर्म-परायण पुत्र जन्म ले ले, तो उसका जीवन उसकी असंख्य पीढ़ी के पितरों के अपराधों का प्रायश्चित कर देता है। जिस माँ ने भरत जैसे महात्मा को जन्म दिया हो, उस माँ को दण्ड कैसे दिया जा सकता है?"

भरत संतुष्ट नहीं हुए और आगे कहा-

"क्या यह मोह नहीं है भईया? एक राजा की तरह उत्तर दीजिए और सोचिए कि यह प्रश्न आपका छोटा भाई भरत नहीं अपितु अयोध्या का एक सामान्य नागरिक पूछ रहा है।"

श्रीराम गंभीर हो गये और कुछ क्षण मौन रहने के बाद कहा कि-

"अपने सगे संबंधियों के किसी अपराध पर कोई दंड न देना ही इस सृष्टि का कठोरतम दंड है भरत। माता कैकयी ने अपनी इस भूल का कठोरतम दंड भोगा है। वनवास के चौदह वर्षों में हम चारों भाई अपने-अपने स्थान पर परिस्थितियों से लड़ते रहे, पर माता कैकयी हर पल मरती रही। अपनी एक भूल के कारण उन्होंने अपना पति खोया, अपने चारों बेटे खोये, अपना समस्त सुख-सम्मान खोया, वह अपने अपराध बोध से मुक्त न हो सकी। वनवास के समाप्त हो जाने के उपरांत परिवार के शेष सदस्य सुखी एवं प्रसन्न हो गये पर वह कभी प्रसन्न न हो सकी। कोई राजा किसी स्त्री को इससे और कठोर क्या दंड दे सकता है? मैं तो कदाचित यह सोचकर दुखी हो जाता हूँ, कि मेरे कारण अनायास ही

मेरी माँ को इतना कठोर दंड भोगना पड़ा। उनकी एक भूल को अपराध समझना ही क्यों वत्स ? यदि मेरा वनवास न हुआ होता तो संसार, भरत और लक्ष्मण जैसे भाईयों के अतुल्य प्रेम को कैसे देख पाता। मैंने तो केवल अपने माता-पिता की आज्ञा का पालन किया है, लेकिन लक्ष्मण एवं भरत जैसे भाईयों ने तो संसार के जनमानस को यह भी बता दिया है, कि प्रेम किस सीमा तक किया जा सकता है। और यदि परस्पर प्रेम हो तो चौदह वर्ष वनवास के भी काटने सहज हो सकते हैं।"

भरत एवं अन्य भाई एकदम मौन थे। श्रीरामचंद्रजी की आँखो में आंसू देख चारों भाई परस्पर आलिंगनबद्ध हो गये। साथियों। राम कोई नारा ही नहीं अपितु राम एक आचरण है, एक चरित्र है या यूं कहिए कि राम एक जीवन जीने की शैली है, **जय श्रीराम।**

अगले सप्ताह चंद्रमोहन की माँ के द्वारा आश्रम में रिकार्ड की गई एक और लघुकथा जानने के लिए पढ़ियेगा हमारी अगली रचना- छोटी बहू।

*

16

छोटी बहू

(आश्रम में चंद्रमोहन की माँ के मोबाइल में रिकार्ड की गई अगली आध्यात्मिक लघुकथा)

"रात्रि का दूसरा पहर, जब संसार के समस्त प्राणी गहरी निद्रा में लीन हों, इस समय छत पर तुम्हारे विचरण का क्या आशय है पुत्री श्रुति?" माता कौशल्या ने छोटी बहू शत्रुघ्न की पत्नी से पूछा,

"क्या नींद नहीं आ रही, शत्रुघ्न कहाँ है?"

श्रुतिकीर्ति की आंखें भर आयीं माँ की छाती से चिपटकर गोद में सिमट गई और बोली,

"माँ उन्हें देखे तो तेरह वर्ष हो गये।"

"उफ....." कौशल्या का हृदय कांप उठा।

तुरंत सेवकों को आवाज लगाई। आज ही शत्रुघ्न की खोज होगी, आधी रात में ही पालकी तैयार हुई।

"आप कुछ बता सकती हो, शत्रुघ्न इस समय कहाँ होंगे?" माता कौशल्या ने आगे कहा।

"माताश्री, जहाँ भरत होंगे शत्रुघ्न भी वहीं मिलेंगे", श्रुति ने कहा।

श्रुति को लेकर माँ कौशल्या अयोध्या के बाहर उस दरवाजे पर पहुंची,

जिसके बाहर नंदीग्राम में भरत तपस्वी के रूप में रहते थे। द्वार के निकट पत्थर की शिला पर अपनी बांह का तकिया बनाये शत्रुघ्न लेटे थे। माँ कौशल्या ने सिरहाने बैठकर पुत्र के बाल सहलाने ही शुरू किये थे, कि शत्रुघ्न की आंखे खुल गई,

"माँ इस समय तुम यहाँ। तुमने क्यों कष्ट किया, मुझे बुलवा लिया होता", शत्रुघ्न ने कहा।

"बेटा तुम यहाँ क्यों?" माँ कौशल्या ने पूछा।

शत्रुघ्न की रूलाई फूट पड़ी और बोले-

"माता! लक्ष्मण भइया, राम भइया की सेवा में वन चले गए। तो क्या शत्रुघ्न अकेले अयोध्या में राज्य की सुख सुविधाओं का आनंद ले सकता था? मुझे यह कदापि संभव नहीं लगा और मैं भरत भइया की सेवा में आ गया।"

"श्रुति के हृदय को कितनी पीड़ा हुई होगी, तुम्हें इसका तनिक भी आभास नहीं हुआ शत्रुघ्न!" माता कौशल्या ने कहा।

"माताश्री। इनसे मैंने ही अनुरोध किया था कि जीवन की इस तपस्या में हम सबकी भी आहूति हो", श्रुति ने कहा।

छोटी बहू को आलिंगन में ले माँ कौशल्या वापस महलों की ओर चल पड़ी।

आज भी तपस्विनी उर्मिला एवं श्रुति की वंशज बहुएँ कई परिवारों में हैं, जो अपने पतियों को परिवार की सेवा के लिए समर्पित करती है। और रामायण को जीवंत रखती है। आश्रम में प्रवचन से चंद्रमोहन की माँ ने अगले सप्ताह मानव व्यवहार पर आधारित जो कहानी रिकार्ड की, लघुकथा 'जानकी' अवश्य पढ़िएगा।

*

17

जानकी

(आजकल सोशियल मीडिया का युग है और हम सब मोबाइल - में बहुत व्यस्त हो गए हैं। प्रस्तुत है मानव व्यवहार पर आधारित लघुकथा 'जानकी' जो चंद्रमोहन की माँ ने आश्रम में सुनी।)

आध्यात्मिकनगर के गुप्ता जी प्रोफेसर की नौकरी से रिटायर हो गए थे। परिवार में उनके साथ उनकी पत्नी जानकी एवं बेटा विनय ही थे। गुप्ता जी स्वयं व्यवहार कुशल एवं मृदुभाषी थे। सामाजिक कार्यों में सदैव सक्रिय रहते थे। बेटा विनय इंजीनियरिंग में स्नातक तो था लेकिन समाज एवं दोस्तों के नाम पर उसके साथ केवल उसका मोबाइल ही रहता था। जब प्रोफेसर साहब रिटायर हुए तो कश्मीर घूमने का प्लान बनाया। तीनों कश्मीर घूमने गये। रास्ते में दृश्यों का कैसा आनंद था, मोबाइल के चलते विनय को उसकी भी कोई अनुभूति नहीं हुई। कश्मीर के कितने अच्छे-अच्छे दृश्य थे, कितना सुंदर है कश्मीर, वहां का गार्डन, डल झील.. आदि-आदि। अरे यों ही नहीं इसे दुनिया का स्वर्ग कहा गया है।

कुछ भी नहीं देख पाया विनय और खोया रहा मोबाइल की दुनिया में। प्रोफेसर साहब एवं पत्नी गायत्री ने तो खूब आनंद लिया लेकिन बेटा विनय तो केवल होटल ही देख पाया। इस वर्ष ही विनय की शादी हुई थी और प्लान उज्जैन जाने का था। विनय की पत्नी एवं पिता गुप्ताजी, जो कि इस वर्ष प्रोफेसर रिटायर हुए थे एवं माँ जानकी। विनय, उसकी पत्नी जानकी, माँ गायत्री एवं

पिताजी, चारों ने हफ्ते भर से उज्जैन जाने की तैयारी कर ली। सुबह 6 बजे रेलवे स्टेशन जाने के लिए घर के बाहर से कैब पकड़ ली। कुछ ही देर में कैब ड्राइवर ने ब्रेक लगाए और विनय उसके मम्मी-पापा एवं पत्नी रेलवे स्टेशन पहुँच चुके थे।

सोशल मीडिया के इस युग में भी पिताजी को आध्यात्मिक पुस्तकें पढ़ने का शौक था। तमाम सामान के साथ भी रामायण का थैला साथ में ले रखा था। रामायण के थैले को पिताजी के हाथ में देख विनय नाराज हुआ,

"तुम भी क्या करते हो पिताजी, इस जमाने में भी तुमसे रामायण नहीं छूट पायी।"

"अब ले-ली तो ले-ली, तुम्हारा कोई सामान तो नहीं रहा", पिताजी ने कहा।

तेजी से चल, रेलवे स्टेशन पर आ गए। माँ-पिताजी अब रेल में बैठ गये थे। जानकी 'ए एच वहीलर' से कोई पत्रिका खरीदती रह गयी थी और रेल

चलने लगी थी।

"जानकी-जानकी..." कहकर विनय चिल्ला रहा था और रेल की चैन खींचना चाहता था कि पिताजी ने पूछ लिया-

"क्या हुआ बेटा?"

"पिताजी, जानकी रेल मे नही चढ़ पायी, वह नीचे ही रह गयी।"

"ओह बेटा तभी तो कहता हूँ कि यदि रामायण पढ़ते तो आज चैन खींचने की नौबत न आती। रामायण में पढ़ लिया होता कि सीता के रथ में बैठने के बाद ही श्रीराम रथ में बैठते थे। और जब केवट की नाव में बैठे थे, तो राम स्वयं तब चढ़े थे कि सीता पहले बैठ गयी थी। यह संस्कार हमें रामायण से सीखने को मिलते है बेटा।

यदि अपनी कार में या ट्रेन में भी कहीं जाना हो तो सुनिश्चित कर लें कि क्या तुम्हारी अर्धांगनी ठीक से बैठ चुकी है।"

"यह पति का कर्तव्य है और पत्नी को अच्छा भी लगता है।"

आगे पढ़िएगा अध्यात्म पर आधारित मोरना के महाशय उमराव सिंह की कहानी 'अद्भुत नरेंद्र।'

*

18

अद्भुत नरेंद्र

शाहदरा के हींग वाले लाला गिरधारी लाल एवं मोरना के महाशय उमराव सिंह जी की परस्पर मित्रता थी। महाशय जी अपनी खेती बाड़ी में व्यस्त रहते और लाला गिरधारी लाल जी अपनी दुकान पर। यों तो लाला गिरधारी लाल जी की दुकान पर परचून एवं अनेक मसाले बिकते थे, लेकिन उनकी दुकान का हींग कुछ बिशेष था अतः लोग उन्हें हीग वाले लाला के नाम से ही जानते थे। महाशय जी भी समय-समय पर उनसे कुछ खरीदने आते, लेकिन कभी-कभी

यूहीं फुर्सत मिलने पर लालाजी की दुकान पर बैठने आ जाते थे। एक दिन लालाजी ने महाशय जी से कहा कि -

हमारी दुकान पर एक साधू आया था। उसने जानकारी दी है कि - आने वाले सोमवार को राया चोंटी पर भोलेनाथ साक्षात दर्शन देने आयेंगे। हांलाकि बालटाल चोटी तक चढ़ाई तो बहुत है, पर जाने के और कोई विकल्प भी नहीं है, अतः वहाँ तक पैदल ही चढ़ना पड़ता है। उससे आगे उड़नखटोले की सुविधा है। किराया देकर उड़नखटोले से सीधे राया चोंटी पर पहुंच जाते हैं। और बस वहां आराम से भोलेनाथ के दर्शन होते हैं। वैसै भी सावन का महीना शुरू हो गया है। और सावन के महीने में पहले सोमवार को भोलेनाथ के दर्शन करना स्वर्ग के समान है। मैने सोचा कि जाने से पहले आपको भी बता दूँ, आप भी चले चलना।

महाशय जी बोले -

हमारी धान की बुआई रह गयी है, खेती परती रह जाएगी।अतः इस बार भोलानाथ के दर्शन आप ही कर आओ। भाग्य में जब होगा तब हम भी दर्शन कर आयेंगे।

पाँच रोज बाद तीर्थ यात्रा शुरू हो गई। यात्रियों के जत्थे जाने शुरू हो गये। लाला बालटाल तक पैदल चल तो लेते, लेकिन उनके सिर पर मुद्राओं की गठरी थी।लाला पसीना से तर बतर हो गये थे। जत्थे के अधिकांशतः लोग आगे निकल गये थे। लाला को चढ़ना मुश्किल हो गया था। लाला के पीछे से एक नवयुवक जवान आता दिखाई पड़ा। वह एक बच्चे की उंगली पकड़ एवं पिट्ठू बनकर एक बच्चे को पीठ पर लादे था। लाला के बराबर में वह भी धीरे-धीरे चल पा रहा था। अब पैदल चलने वाला बच्चा रोने लगा था और नवयुवक से कह रहा था कि -

भैय्या मैं थक गया हूँ। नवयुवक ने पीठ वाले बच्चे को नीचे उतार कर उसकी उंगली पकड़ी और पैदल वाले बच्चे को पीठ पर लाद लिया था। जो थक कर रोने लगता वह उसे बारी-बारी से पीठ पर बैठा लेता। आगे एक

पिआऊ मिली। वह आने-जाने वाले यात्रियों को पानी पिला रही थी। बुढ़िया ने थके हुए लाला को पानी पिलाया और कहा कि -

बाबूजी, इतनी भारी गठरी को घर छोड़ आते, पसीना से तर- बतर हो गये हो। भोलेनाथ के मंदिर तक कैसे जाओगे?

लाला ने कहा कि -

बालटाल से हैलीकोप्टर पकड़ना है, भाड़ा इसी से चुकाऊगां। नहीं तो इतना पैसा कमाने का क्या फायदा। परिवार वाला कोई काम नहीं आता। पास में पैसा है तो सब कुछ है।

लाला पानी पीकर वहीं पत्थर के टीले पर बैठ गये। पानी पीने का क्रम अब उस नवयुवक का था।

नवयुवक ने पीठ से बच्चे को उतारा। बुढिया से कहा कि -

माता जी मैं पहले पसीना पोंछ लूं, इतने आप मेरे इन दोनों भाइयों को पानी पिला दो।

पानी पीने के बाद नवयुवक ने पुनः एक बच्चे को पीठ पर लादकर दूसरे की उंगली पकड़ ली थी। अब बुढ़िया ने उस नवयुवक से कहा कि -

इनके चक्कर में तू भी भोलेनाथ के मंदिर तक कैसे पहुँच पायेगा बेटा, इन्हें घर छोड़ आता!

नवयुवक बोला - माताजी! मेरे पिताजी को खेतों की बुआई करनी है, अतः वह नहीं आ सके। उन्होंने मुझे भेज दिया। और जब मैं चलने के लिए तैयार हुआ, तो ये भाई मेरे साथ चलने के लिए जिद्द करने लगे कि हमें भी चलना है। यह कोई सामान तो है नहीं, जो मैं इन्हें छोड़ देता। ये तो भाई हैं मेरे। ये नहीं तो मेरा कोई अस्तित्व नहीं है। अगर ये भाई मेरे साथ हैं, तो मुझे हैलीकोप्टर की भी कोई आवश्यकता नहीं है, राया पर्वत तक यात्रा यूं ही कर लूंगा। श्रीरामचंद्र जी के साथ उनके भाई थे चौदह वर्ष वनवास जाकर भी लंका पर विजय हांसिल कर ली थी। मेरे साथ तो मेरे दो-दो, तीन-तीन भाई हैं। लाला अब समझ चुका था कि वह नवयुवक किसान महाशय का बेटा नरेंद्र था जो अपने भाइयों के साथ तीर्थ यात्रा कर रहा था। लाला गठरी लेकर धीरे-धीरे आगे निकल गये।

लालाजी को भोलानाथ के दर्शन हुए या नहीं यह तो नहीं पता, लेकिन बच्चों को भोलेनाथ ने दर्शन अवश्य दिये। कहते है कि पिआऊ पर बैठी वह बुढ़िया भोलानाथ के रूप में प्रकट हो गयी। पानी पिलाने वाली बुढ़िया के रूप में स्वयं भोलेनाथ थे। भोलानाथ के रूप में प्रकट होकर उसने उन बच्चों से कहा कि -

जिस परिवार में इस तरह का प्रेम होता है और घर का बड़ा बेटा अपने छोटे भाई-बहनों का इस तरह ख्याल रखता है उसे मेरे पास आने की कोई जरूरत नहीं, बल्कि उसके पास चलकर स्वयं मैं आता हूँ।

नवयुवक एवं सभी भाई नतमस्तक होकर बोले- 'जय हो भोलेनाथ।'

अब चंद्रमोहन की माँ महिलाओं के समूह में 21 दिनों के लिए तीर्थ यात्रा पर चली गई थी। घर पर केवल चंद्रमोहन एवं उसकी पत्नी उज्जवला ही रह गये थे। उज्जवला ने अपने पति चंद्रमोहन से कहानी सुनने की इच्छा जताई। चंद्रमोहन ने उज्जवला को जो कहानी सुनाई उसे जानने के लिए पढ़ियेगा साइबर ठगी पर आधारित हमारी अगली कहानी 'वो फोन किसका था।'

*

19

वो फोन किसका था

हरिपुर के रहने वाले सोफ्टवेयर इंजीनियर स्पर्श की नौकरी गुरुग्राम की एक मल्टीनेशनल कंपनी में लग गयी थी। गुरुग्राम में कमरों का किराया तो आप समझते ही हैं, बहुत महंगे। पर रहना था, तो कमरा भी लेना ही था। सिकंदरपुर जो पुराने समय में एक गांव ही था उसमें कुछ लोगों ने किराए के उद्देश्य से ही कमरे बनाये थे। स्पर्श ने उनमें एक कमरा पंद्रह हजार रुपये महीना पर ले लिया। रागिनी जो ज्यादा पढ़ी-लिखी नहीं थी परंतु हसनपुर के देव बिल्डर की बेटी थी और देखने भालने में भी सुन्दर थी। बस धनी परिवार और सौंदर्य के बल पर उसकी शादी सोफ्टवेयर इंजीनियर स्पर्श से हो गई। शादी की एक विशेष शर्त यह थी कि वह स्पर्श के घर हरिपुर गांव में बिल्कुल भी नहीं रहेगी।

अतः वह शादी के अगले ही दिन सिकंदरपुर में आ गई। शादी के कोई एक वर्ष बाद ही स्पर्श अपनी कंपनी में टीमलीडर के स्तर पर आ गया। जल्दी सुबह तैयार होकर कैब पकड़ कर ओफिस जाना और शाम को देर से वापस घर आना यही उसकी दिनचर्या हो गई थी।

उन दिनों चीन सहित कई अन्य देशों से एक नये वायरस द्वारा होने वाली भयंकर बीमारी कोरोना की खबरें तो पहले से ही फैल रही थी। भारत के प्रधानमंत्री ने भी लोकडाऊन की घोषण् कर दी। कोरोना के चलते तमाम कंपनियों की तरह स्पर्श की कंपनी ने भी 'वर्क फ्रोम होम' अलाऊ कर दिया

था। स्पर्श तो अपने घर हरिपुर जाना चाहता था, लेकिन उसकी पत्नी तो रागिनी थी, हर समय अपना ही राग अलापने वाली, एकदम जिद्दी। जिद्दी पत्नी के सामने स्पर्श की एक न चली और उसे हसनपुर में अपनी ससुराल अर्थात रागिनी के माता-पिता के घर ही आना पड़ा। जीवन का यह एकदम अलग अनुभव था। जो स्पर्श जल्दी सुबह कैब पकड़ कर अपनी कंपनी जाता और शाम को देर से घर लौटता वह अब पूरे-पूरे दिन हसनपुर में अपनी पत्नी एवं सास-ससुर के साथ ही रहता। शुरू-शुरू में वर्क फ्रोम होम के संदर्भ में उसका काम का मौसम ही नहीं बना। लेकिन और कर भी क्या सकता था। लैपटॉप लेकर बैडरूम में बैठा रहता। कभी सास तो कभी ससुर टोकते कि- "दामाद बैडरूम से अभी बाहर नहीं निकले।"

ज्यादा कहने पर स्पर्श लैपटॉप लेकर ड्राइंग रूम में आ जाता। पूरे-पूरे दिन ओफिस से फोन आते।

कभी सास तो कभी ससुर पूछते- "किसका फोन था?"

बेचारा स्पर्श धीमी आवाज में कभी सास को तो कभी ससुर को समझाता, कि किसी सहकर्मी का फोन था या सीनियर का फोन था। रागिनी तो फोन करने वाले की पूरी जीवनी पूछती। फोन सुनने दूसरे कमरे में जाता, तो सब शक की नजर से देखते। कभी-कभी ओफिशियल काल चल रही होती, तब भी सास खाने को पूछती कि-

"क्या खाना है? आलू-मटर बनाऊँ या बैंगनों से ही खा लोगे? गोल वाले हैं!"

वह अब बुरी तरह झुंझला चुका था। एक दिन ड्राइंगरूम में बैठ कर लैपटॉप पर ओफिस का काम कर रहा था कि अंदर से रागिनी की आवाज आयी-

"कितनी देर से माँ ने डाइनिंग टेबल पर खाने की प्लेट रखी है। खाना ठंडा हो रहा है। आप अपना नहीं तो मेरा तो ख्याल रखो। और मेरा भी नहीं, तो कोई आने वाला है, उसका तो ख्याल रखो।"

रागिनी के साथ खाना खाने बैठा ही था स्पर्श कि उसके फोन की घंटी बजी। स्क्रीन पर नंबर देखकर स्पर्श ने फोन काट दिया। उस दिन खाना खाते समय तीन बार फोन की घंटी बजी और स्पर्श ने तीनों बार फोन काट दिया। रागिनी की नजरें भले ही खाने की ओर थी परंतु ध्यान स्पर्श के फोन की ओर था। आज उसके हृदय में संदेह उत्पन्न हो गया था। रात को सोने के वक्त तक अन्य बातों का अभिनय तो करती रही लेकिन फोन वाली बात रागिनी के हृदय में कहीं उथल-पुथल मचा रही थी। रागिनी स्वयं को रोक नहीं पाई और स्पर्श से पूछ ही लिया-

"एक बात पूछ लूँ स्पर्श, झूठ तो नहीं बोलोगे? वो फोन किसका था?"

"कौन सा फोन और मुझे तुमसे झूठ बोलने की क्या जरूरत है?" स्पर्श ने कहा।

"दोपहर लंच के टाइम?" रागिनी ने कहा।

"अच्छा... तुम उसे पूछ रही हो दोपहर जब हम खाना खा रहे थे, स्पैम काल थी? और कभी-कभी टेलीकॉलर फोन करती हैं।"

रात हुई और स्पर्श और रागिनी डबल बैड पर लेट गये। मानसिक रूप से थका हुआ स्पर्श पड़ते ही गहरी नींद में सो गया। स्पर्श के फोन की घंटी फिर बजी। रागिनी ने इधर-उधर देखा। स्पर्श गहरी नींद में लीन था। रागिनी ने जो अभी तक सोई नहीं थी, झपटकर उसका फोन उठाया। फोन कट गया था। रात के कोई ढाई बजे थे।

इतनी रात में कोई मिस-काल दे रही है.... रागिनी ने सोचा।

रिंग बैक किया। उधर से कोई आवाज नहीं आयी। रागिनी चुपके से बैडरूम से निकल कर ड्राइंगरूम में आयी। माता-पिता जी बराबर वाले दूसरे कमरे में सोये हुए थे। ड्राइंगरूम से ही धीमी आवाज में रागिनी ने तीन बार रिंग बैक कर,

"हैलो-हैलो... !"

दूसरी ओर से कोई आवाज नही आयी। अब रागिनी का संदेह और गहरा गया था।

अपने बैडरूम में वापस आकर स्पर्श का मोबाइल यथास्थिति में रख कर चादर ओढ़कर लेट गयी।

फोन पुनः आने की प्रतीक्षा में बिना सोये सुबह हो गई। स्पर्श की आंखें खुली। मोबाइल उठाया, बैंक से मैसेज था ढाई लाख रूपये ट्रांजेक्शन का। किसी ने उसके अकाउंट से ढाई लाख रुपये निकाल लिये थे।

काल हिस्ट्री देखी तो एक विदेशी नंबर से मिस काल आई थी और उसी नंबर पर तीन बार आऊटगोईंग काल थी। साइबर ठगों ने अकाउंट खाली कर दिया था।

स्पर्श ने रागिनी की ओर देखा तो रागिनी पश्चाताप भरी मुद्रा में खड़ी थी। घबरा कर बोली-

"मुझे क्षमा कर दो स्पर्श, मुझसे गलती हो गयी' और यह कहते हुए

रागिनी की आंखों से आंसुओ की बूंद ढलक रही थी।

"तुम भी क्या करती हो रागिनी! इतना भी नहीं समझती हो कि अननोन नंबर नहीं उठाना चाहिए। और वो भी इतनी रात गए और किसी नंबर को उठाने या रिंग बैक करने से पहले यह जान लेना चाहिए कि क्या कालर विदेशी तो नहीं है।"

"चलो, गलती अब हो गयी तो हो गई, आगे से ऐसी गलती मत दोहराना। चलो पुलिस स्टेशन चलकर साइबर सेल में रिपोर्ट लिखाते हैं।"

और फिर स्पर्श एवं रागिनी दोनों रिपोर्ट लिखाने के लिए निकल गए।

आशा है साथियों कि आप इस तरह के साइबर ठगों के चंगुल में नहीं फंसेंगे और मोबाइल पर बहुत सावधानी व सतर्कता के साथ वार्तालाप करेंगे।

(अगले सप्ताह चंद्रमोहन ने उज्जवला को एक और क्या कहानी सुनाई उसे जानने के लिए पढ़ियेगा हमारी अगली रचना 'तोताराम')

*

20

तोताराम

(चंद्रमोहन ने अपनी पत्नी उज्जवला को जो कहानी इस सप्ताह सुनाई वह नशे पर आधारित रचना 'तोताराम' थी।)

मैनावत ने आज पूरी रात तोताराम को घर के अंदर नहीं घुसने दिया। क्योंकि वह आज फिर शाम को शराब पीकर देर से घर आया था और उसने ठंड में पूरी रात घोंसले के बाहर डाली पर ही बितायी थी। आते ही घर के अंदर घुंसने से पहले ही पूछ लिया था, कि पैसे कितने लाये हो? और जबाव सुनकर भड़क गयी थी मैनावत। मालिक से रुपये एडवांस लेकर शराब पी ली। चूं-चूं करती बच्चों के साथ अंदर सो गयी मैनावत।

सुबह हुई बच्चों को स्कूल भेज मैनावत ने तोताराम को देखा। सिकुड़ा पड़ा था बाहर।

"सबक मिला। इसी योग्य होते हैं ये मर्द। स्त्री है, तो दुनिया का तानाबाना सुरक्षित है वरना पता नहीं क्या होता।" अंदर से मैनावत की आवाज आयी।

"अरे कुछ बोलोगे भी इसी तरह चुप पड़े रहोगे मुँह पर ताला लगाकर।"

"क्या तुम सुनना चाहती हो मैनावत", तोताराम ने कांपते हुए अपनी बात कहनी शुरू की,

"सदियों से पुरूष तो एक सुच्चा पुतला ही रहा है। कभी माँ के रूप में तो, कभी पत्नी के रूप में। सदैव स्त्री के प्रेम के अवलंबन का याचक ही बना रहा है। अधिकांश समय संघर्ष भी 'स्त्री की इच्छा' के लिए करता आया है। 'स्त्री की इच्छा' की अवहेलना करने का साहस कभी नहीं जुटा पाया। सहज ही वचनों में बंधता चला आया। यद्यपि कहा जाता रहा है कि खुशी में वचन देने और क्रोध में निर्णय लेने से बचना चाहिए। फिर भी राजा दशरथ ने रानी कैकेयी को 3 वचन दे डाले थे, जिसके परिणाम स्वरूप श्रीरामचंद्रजी को भी वन जाना पड़ा था। जिस सीता माता ने अपने पति का साथ पाने के लिए राजमहल के सुख को त्याग दिया था, वह भी सोने के हिरन की ओर आकर्षित हो गयी और श्रीरामचंद्रजी को हिरन के आखेट के लिए कह दिया। श्रीरामचंद्रजी भी अपनी 'पत्नी की इच्छा' को न ठुकरा सके। उन्होंने सीता माता की इच्छा पूरी करने के लिए एक निर्दोष प्राणी का आखेट करना स्वीकार किया। श्रीरामचंद्रजी के छोटे भाई लक्ष्मण भी भाभी की इच्छानुसार अपना कर्तव्य छोड़ गये थे। पर सीता माता पुरुष के वचनों में न बंध सकी और लक्ष्मण रेखा रूपी वचनों को लांघ गई। दुष्ट सूपर्णखा की इच्छा पूरी करने के लिए रावण जैसे महापंडित ने श्रीरामचंद्रजी अर्थात विष्णु भगवान से युद्ध किया। कितना सहज है पुरुष! सुबह को बाहर जाता है और पूरे दिन संघर्ष करता है अपनी पत्नी एवं बच्चों की इच्छा पूरी करने के लिए।"

मैनावत को लगा कि वह कोई प्रवचन सुन रही हो। गंभीरता से बोली-

"क्या सूपर्णखा दुष्ट थी। कौन सा अपराध किया था सूपर्णखा ने। किसी से प्रेम करना पाप है क्या? वह एक सुंदर युवती थी और लक्ष्मणजी की ओर आकर्षित हो गयी थी तो इसमें सूपर्णखा का कोई दोष तो नहीं। और प्रेम करना यदि पाप है तोताराम, तो यह पाप मैंने भी किया और तुमने भी।"

"नहीं, मैनावत," तोताराम ने आगे कहा।

"सूपर्णखा लक्ष्मण से प्रेम नहीं करती थी। प्रेम तो वह किसी अन्य राजा से करती थी। वह राजा रावण को पसंद नहीं था। अतः गुप्तचरों से पता कर रावण ने उस राजा की हत्या कर दी। इसके चलते सूपर्णखा अंतर्मन में रावण से बदले का भाव पाल बैठी। और वह ऐसे किसी योद्धा की खोज में लग गई, जो रावण को हरा सके। वन में राम-लक्ष्मण को देखकर सूपर्णखा को ऐसा लगा, कि यह जोड़ी रावण का संहार कर सकती है। उकसाने के ध्येय से वह प्रणय प्रस्ताव लेकर कभी राम के पास जाती, तो कभी लक्ष्मण के पास जाती और जब वह उकसावे में नहीं आये, तो अंत में वह सीता माता की ओर दौड़ पड़ी। उसकी रक्षा के लिए लक्ष्मणजी ने अपना शस्त्र उठाया और सूपर्णखा की नाक पर प्रहार हो गया। बस इसका नाटक कर वह अपने भाई रावण को युद्ध हेतु उकसाने में सफल हो गई।"

"लगते तो तुम बड़े ज्ञानी हो, तोताराम। अच्छा यह बताओ, शाम तुमने शराब क्यों पी?" मैनावत ने पूछा।

तोताराम ने कहा-

"कल सुबह जब काम पर जाने के लिए तैयार हुआ तो तुमने आधे घंटे का भाषण दिया। ये करना है... वो करना है... भतीजे की शादी है... साड़ी खरीदनी है। शाम को पाँच सौ रुपये जरूर लाने है ओफिस से। इतने में ही बेटी ने जोर से आवाज लगाते हुए कहा था कि उसका स्कूल का बैग फट गया है दो सौ रुपये ले आना, शाम को। यह सब सुन, जा ही रहा था कि मंडैया के बाहर से पिताजी ने कहा कि बेटा चश्मा टूट गया है, डेढ़ सौ रुपये लगेंगे। ओफिस देर से पहुँचा तो मैनेजर गुस्से में था। कुछ देर काम करने के बाद मैंने साढ़े आठ सौ रुपये एडवांस माँगे तो मैनेजर ने सिर्फ पाँच सौ रुपये ही दिये। शाम को पाँच सौ रुपये लेकर घर

आने की हिम्मत नहीं हो रही थी। पुलिया पर बैठा सोचता रहा। अंधेरा हो गया था। किसी ने आकर कंधे पर हाथ रखा।" "क्या हुआ तोताराम?"

मैने सिर उठाकर देखा तो फुदका था। उसने मेरी व्यथा सुनी। बस उसने अपनी जेब से पव्वा निकाला। खुद भी पी और मुझे भी पिला दी और बोला- "अरे स्त्रियों ने आज तक पुरुषों को समझा ही कहाँ हैं? और एक हम हैं, कि स्त्री हर सुख-दुख से महफूज रहे इसके लिए अपनी बहुत सी समस्याएं साझा भी नहीं करते।"

भावुक हो गयी थी सुनते-सुनते मैनावत और बोली-

"मैं हार गई रे तोताराम। गलती हो गयी मुझसे। समझ नहीं पायी मैं अपने तोताराम को। रूठो मत, बच्चे स्कूल गये हैं, चलो अंदर चलते हैं", ऐसा कह मैनावत तोताराम का हाथ पकड़ घर के अंदर ले गयी और किवाड़ बंद कर लिए।

अंदर से आवाज आयी,

"काश यह बात तूने पहले कह दी होती मैनावत, तो मैं शराब न पीता।"

आज भी अनेक परिवारो में झगड़ो का बड़ा कारण 'नशा' है। यदि परस्पर स्वच्छ वार्तालाप किया जाये तो इसमें कमी आ सकती है।

(तीसरे सप्ताह चंद्रमोहन ने उज्जवला को जो कहानी सुनाई उसमें रावण की विद्वता पर क्या रोशनी डाली उसके लिए पढ़ियेगा हमारी अगली रचना 'राक्षसों की पंचायत')

*

21

राक्षसों की पंचायत

(चंद्रमोहन के विचार में सृष्टि की हरेक रचना में कोई विशेषता है। उसके विचार में रावण एक विद्वान था। प्रस्तुत रचना में उसने उज्जवला को बताया कि ग्रेटर नोएडा स्थित ग्राम बिसरख के लोग दशहरा क्यों नहीं मनाते)

स्वर्ग लोक में कुछ जय जयकार का शोर सुनाई दे रहा था। पार्वती ने शिवजी भगवान से पूछा कि-

"आज आपके लोक में यह शोर कैसा है 'प्रभु'।"

"आप ही किसी भक्त को भेज कर पता कर लीजिए", शिवजी ने कहा। भक्त ने जहाँ से शोर सुनाई दे रहा था उस ओर जाकर देखा, वहाँ बड़ा सा दरबार सजा था। अप्रत्याशित दृश्य था। रावण की प्रशंसा के पुल बांधे जा रहे थे।

प्रशंसा में पढ़े गये कुछ कसीदे निम्न प्रकार थे-

- अपनी बहिन के स्वाभिमान की रक्षा करने एवं उसके अपमान का बदला लेने के लिए हर सीमा तक प्रयत्न करने वाले वीर योद्धा रावण को, युगों-युगों तक याद किया जायेगा।
- राजदूत के द्वारा अभद्र व्यवहार किये जाने के बावजूद भी संयम न खोने के लिए रावण इतिहास में याद किया जायेगा। मृत्यु भी जिसे भयभीत न कर सकी हो उन वीर योद्धाओं में रावण की गिनती सबसे

पहले होगी। परिवार के समस्त योद्धा जो वीरगति को प्राप्त हो गये, उनके सम्मान में प्राण "न्योछावर करने के लिए रावण को सदैव याद किया जायेगा।

पार्वती बोली, "यह मै क्या सुन रही हूँ प्रभु, रावण जैसे दुष्ट का स्वर्ग में आगमन? ऐसा दुष्ट जो किसी पराई स्त्री को बलपूर्वक उठा लाया हो। ऐसे दुष्ट का स्वर्ग में आगमन तो सरासर अन्याय है प्रभु।"

"कैसी बात कर रही हो पार्वती, राक्षस कुल में जन्म लेने के बाबजूद भी रावण ने इतने दिनों तक सीता को अपने अधीन रहते भी उसके साथ कभी दुराचार नहीं किया। रावण ने मर्यादा में रहते हुए सीता का सदैव सम्मान किया। सीता ने साध्वी वस्त्र धारण करते हुए जंगल में रहने की इच्छा जताई तो रावण ने उसका पालन करते हुए अशोक वाटिका में उनके निवास का प्रबंध किया। दुष्ट

तो वह होता है जो शक्ति आ जाने पर किसी पराई स्त्री के साथ उसकी इच्छा के विरुद्ध बलपूर्वक दुराचार करता है," शिवजी बोले।

तभी पार्वती जी ने टिप्पणी की **"यह सब तो ठीक है प्रभु, लेकिन अपने विभीषण जैसे सज्जन भाई को लात मारकर निकाल देना कहाँ की बुद्धिमता और वीरता है ?"**

तभी यही बात सामने खड़े भक्त ने दोहराई और कहा कि **"ठीक यही बात एक व्यक्ति ने आज लगे दरबार में पूछी थी।"**

"तो क्या जबाब दिया रावण ने ?" पार्वती ने भक्त से पूछा !

भक्त ने आगे बताया कि "सबकी नजरें रावण की ओर थी। रावण खड़ा हुआ और उत्तर देते हुए बोला-

आपने बिल्कुल ठीक कहा कि विभीषण राक्षस प्रकृति का नहीं था। राक्षस जातिका होते हुए भी वह सज्जन प्रकृति का था। जिस विभीषण को माता-पिता ने भी कभी इतना प्यार न किया हो, उतना प्यार यह रावण करता था। अपने भाई को इस रावण ने अपने किसी पुत्र से भी कहीं अधिक प्यार अपने भाई विभीषण से किया था। अपने अन्य भाई एवं पुत्रों की बलि देने के लिए तैयार रहने वाला यह रावण अपने गोद खिलाये प्रिय भाई विभीषण की मृत्यु सहन नहीं कर सकता था। यहाँ तक कि इस रावण ने अपने जीवन की भी परवाह नहीं की थी। यह रावण अपने भाई विभीषण को जीवित रखना चाहता था। रावण यह भी जानता था कि विभीषण भी उससे असीम प्रेम करता है और उससे अलग नहीं हो सकता। अतः रावण ने विभीषण को स्वयं से अलग करने के लिए यही एक युक्ति सोची। अपने प्रिय भाई विभीषण को लात मारने के लिए दिल पर कितना बड़ा पत्थर रखा होगा इस रावण ने, यह रावण ही समझ सकता है। किसी को इसकी सच्चाई की भनक तक न लगे इसके लिए भोजन भी दिखावा मात्र किया। यह लोगो के अपने ज्ञान व

विवेक पर निर्भर करता है, कि वह रावण के आचरण के किस हिस्से को अपनाते है। तभी तो रावण के नाभि में ब्रह्मास्त्र लग जाने के बाद मृत्यु से पूर्व श्री राम ने अपने भाई लक्ष्मण को ज्ञानार्जन हेतु रावण के पास भेजा था। कई अच्छी बातो के साथ रावण ने लक्ष्मण को यह भी बताया था कि किसी भी अच्छे विचार को शीघ्र अमल में लाना चाहिए और बुरे विचार को कल के लिए टाल देना चाहिए।"

फिर क्या, सबने खड़े होकर रावण का अभिवादन किया। अब आगे शिवजी ने पार्वती की ओर मुंह करते हुए कहा कि-

"रावण को तो श्रीराम ने यहां भेजा है और वह हमारा भक्त भी है। उसे स्वर्ग में आने से कौन रोक सकता है।

तो फिर स्वर्ग में प्रवेश करने देने के लिए इतना समय क्यों लगाया प्रभु ?" पार्वती ने शिवजी से पूछा।

"हाँ पार्वती", शिवजी आगे बोले, "रावण ने सीता का गलत ढंग से अपहरण किया था। वह साधु का वेश धारण कर सीता से भिक्षा माँगने गया और उनका अपहरण कर लिया। अभी तक लोग साधुओं पर विश्वास कर उनका आदर करते थे। और अब उनका यह छद्म ढोंगी रूप भी सामने आयेगा।"

कहते हैं कि वर्तमान ग्रेटर नोएडा में स्थित गाँव बिसरख के लोग आज भी रावण का एक वीर योद्धा के रूप में सम्मान करते हैं और अपने एक वीर योद्धा के वीरगति को प्राप्त हो जाने पर शोक मनाते हैं। जब पूरे भारत में दशहरा मनाया जाता है तो आज भी बिसरख के लोग दशहरा नहीं मनाते हैं।

*

22

मेरी चित्रकूट यात्रा

दिनांक 27 जनवरी, 2024 की सुबह 5:30 बजे हमनें नोएडा से सतना के लिए प्रस्थान किया। ताज एक्सप्रेस वे पर चढ़ते ही कुछ कोहरे का सामना करना पड़ा। जैसे - जैसे आगे बढ़ रहे थे त्यों - त्यों कोहरा बढ़ता जा रहा था। तेज - तर्रार ड्राइवर राजीव ने सजग ड्राइविंग करते हुए जेवर, मथुरा एवं आगरा का टोल प्लाजा पार कर लिया था। इसी प्लाजा के पास साइड में एक्सप्रेस वे के फूड प्लाजा पर मै, मेरी पत्नी शशी, बेटा सावन, सावन की नवविवाहिता बहू छवि, भतीजा उमंग एवं ड्राइवर राजीव सभी ने नाश्ता किया। बीस मिनट विश्राम के उपरांत हम पुनः लखनऊ की ओर चल पड़े। आगरा के सामने एक और छोटे टोल प्लाजा जिस पर शुल्क मात्र पच्चीस रूपये था उसे पार कर राजीव ने फोर्चूनर अब लखनऊ की ओर बढ़ा दी थी। कार के ऑडियो में मेरा लाल दुपट्टा मलमल का गाना कुछ तीव्र ध्वनि में बज रहा था।

लगभग 11 बजे जब मेरी अलसाई आँखो ने नेशनल हाइवे के बोर्ड पर देखा, तो पता चला हम चित्रकूट की ओर जाने वाले राष्ट्रीय राजमार्ग पर थे। ड्राइवर राजीव ने कहा कि यह बुंदेलखंड एक्सप्रेस वे है। रास्ते में उरई, राठ, साइड में बांदा के एरोमार्क भी दिखाई दिये। कुछ घंटों की दूरी तय करने के बाद, ड्राइवर ने अब गाड़ी हाईवे से बांयी ओर उतार ली। अब रोड सिंगल थी। यहां कुछ देहात का क्षेत्र देखने को मिला। लगभग आधे घंटे बाद जब हम चित्रकूट पहुंचे तो लगभग पौने दो बजे थे। चित्रकूट नोएडा से 633 किमी है।

चित्रकूट से अयोध्या की दूरी 272 किमी है। अयोध्या से 20 किमी दूर तमसा नदी को श्रीरामचंद्र जी ने नाव से पार कर श्रृंगवेरपुर की ओर प्रस्थान किया था। प्रयागराज से कोई 20 किमी दूर श्रृंगवेरपुर को वर्तमान समय में सिंगरोर कहा जाता है। यहां निषादराज केवट का राज्य था। यहीं पर श्रीरामचंद्रजी ने केवट से नाव माँगी थी। गंगा पार कर श्रीराम सीता एवं भाई भरत के साथ कुरई गांव में रूके थे। यहां से यमुना नदी को पारकर श्रीरामचंद्रजी चित्रकूट पहुंचे थे। चित्रकूट ही वह जगह है जहाँ भरत अपनी सेना एवं अयोध्यावासियों को लेकर श्रीराम को वापस अयोध्या आने के लिए मनाने पहुंचे थे। श्रीराम एवं भरत का भातृ प्रेम युगों-युगों तक भुलाया नहीं जा सकता। श्रीराम ने अपनी खड़ाऊ देकर भरत को यहीं से वापस कर दिया था। अभी हाल ही में 22 जनवरी, 2024 को अयोध्या में श्रीरामलला के मंदिर में प्राण प्रतिष्ठा हो चुकी है। यदि आपको भी अयोध्या में रामलला के दर्शन करने का सौभाग्य मिला तो चित्रकूट भी आइएगा। जब हम यहां पहुंचे तो यहां मौसम अच्छा था। प्रसाद बिक्री करने वाले कई लड़के हमें गाड़ी पार्क करने के लिए अपनी ओर इशारा कर रहे थे। हमने एक के कहने पर सुविधाजनक रूप से उसकी ओर चलकर गाड़ी मंदाकिनी के एक घाट पर पार्क कर ली। प्रसाद लेते-लेते ही कई नाव खेने वाले नवयुवकों ने हमें लगभग घेर लिया। बाबूजी ढाई-ढाई सौ रूपये के हिसाब से दे देना, आप छः लोग हैं, पंद्रह सौ रुपये में सबको बढ़िया से दर्शन करा देंगे। खैर केवल तीन सौ रुपये में हमारी बात पूरी नाव की बन गई। चित्रकूट में मंदाकिनी नदी में नौकायन करते हुए हम जानकी घाट, रामघाट आदि के दर्शन करते हुए उस स्थल पर पहुंचे, जहां चंदन घिसकर गोस्वामी तुलसीदास जी ने श्री रामचंद्र जी को तिलक किया था। यूं तो हमें नाव चलाने वाले नवयुवक मल्लाह प्रदीप ने वहां के आध्यात्मिक महत्व की कहानी एवं रामायण की पंक्तियाँ सुनाई थी, लेकिन फिर भी इस मंदिर में चंदन का तिलक कर पंडित जी ने हमें रामायण की चौपाई सुनाई

चित्रकूट के घाट पर, भई संतन की भीर।
तुलसीदास चंदन घिसे, तिलक देत रघुवीर।।

हम श्रीराम की खड़ाऊं का स्पर्श कर नतमस्तक हुए। पुनः हम नाव में बैठकर घाट पर वापस आ गए। पास ही में बनी एक दुकान पर हमने चाय पी। बच्चों ने कोफी पी। दुकानदार पढ़ा-लिखा था। चीनी उचित मात्रा में ही डाली वर्ना उत्तर प्रदेश में दुकानदार अक्सर चीनी अधिक ही डालते हैं।

यहाँ और कहीं हमें लूट-खसोट जैसा भाव नहीं दिखाई दिया। लोगों का व्यवहार अच्छा लगा। दूसरा रास्ता हनुमानधारा की ओर जा रहा था। हनुमानधारा यहां से कोई ढाई किलोमीटर दूर ही थी, परन्तु हमें तो यहाँ से लगभग अस्सी किमी दूर मध्य प्रदेश के जिला सतना जाना था। यह वही सतना है जहां वनवास के समय अत्रि ऋषि के आश्रम में श्रीरामचंद्र जी ठहरे थे। खैर हमें तो सतना के डी एन डी रिसोर्ट में जाना था। अतः हम हनुमान धारा के दर्शन किये बिना ही डी एन डी रिसोर्ट चले गए। भूख लगी थी। अगले दिन सावन - उमंग के दोस्त प्रवीण कुमार पांडेय की शादी होनी थी। आज अब मेहंदी के कार्यक्रम के उपरांत लोग खाना खा रहे थे। हमने भी विभिन्न व्यंजनों के साथ पेट - पूजा की।

रिसोर्ट के दो श्यूट हमारे लिए बुक थे। बड़े-बड़े रूम, लक्जरी बेड तथा सोफे, चमकते हुए बाथरूम, एकदम आनंद आया। शाम को आठ बजे 'प्रवीण एवं तान्या' की रिंग सेरेमनी थी। प्रवीण एवं तान्या की जोड़ी बहुत सुंदर लग रही थी। सबने खूब नाच -गाना किया। बच्चों ने देर रात तक डांस किया। रात को लगभग नौ बजे हमनें डिनर किया। शयनकक्ष में आते ही कब नींद आ गयी हमें पता ही नहीं चला। जब आंख खुली तो सुबह के नौ बजे थे। नहा-धोकर, पूजा-अर्चना कर बैठे ही थे कि प्रवीण के छोटे भाई चंदन ने आकर हमें नाश्ता करने के लिए निमंत्रण दिया। नीचे खुले लॉन में सूर्य की किरणें छटा बिखेर रहीं थीं। यहां कोहरे का कोसो दूर तक भी नाम नहीं था। नाश्ता में पूरी - सब्जी,

दही के साथ आलू व पनीर के पराठें, फलों के टेबल पर सेव, पपीता, अंगूर, तरबूज, अनानास आदि। पेस्ट्री, चाय - कोफी सबके साथ खूब आनंद आया।

अब एक घंटे के बाद हल्दी-संगीत का कार्यक्रम था। सबने पीले वस्त्र पहने थे। केवल मैंने ही वाइन कलर का सूट पहना था। शशी ने हल्दी एवं बन्ना गीत गाये। सब अपनी-अपनी पसंद के गानों पर नाचे। शशी भी 'झूठ बोले कौवा काटे' पर नाची, मैंने भी साथ दिया। दोपहर का कोई डेढ़ बजा था, बारात सजी थी। प्रवीण बग्घी पर सवार हो किसी राजकुमार से कम नहीं लग रहा था। आगे गाड़ी पर डीजे बज रहा था और उसपर महिलाओं की टोली नाच रही थी। उसके पीछे ब्रास बैंड वाले थे। उनके साथ लड़को की टोली धूम मचा रही थी। बीच-बीच में मध्यम आयु वर्ग के लोग भी थिरक रहे थे। लगभग एक घंटे में बारात की चढ़त हुई। बार-दुआरी के तुरंत बाद हमनें सबसे पहले लंच किया। साढ़े तीन बजे हम यहां से लगभग पचास किमी देर मैहर शारदा माता के मंदिर के लिए निकल गए। हमने रिसोर्ट से एक गाइड रितुराज परिहार को साथ ले लिया था। बच्चे रिसोर्ट में ही रूके। शाम के लगभग पाँच बजे हम मध्य प्रदेश के नवनिर्मित जिला महियर पहुंच गए। यहां मैहर मंदिर की बहुत मान्यता है। बहुत दूर-दूर से लोग यहां शारदा माता के दर्शन करने आते हैं। यहां ऊंचाई पर कुछ भक्तजन पैदल ही एक हजार तिरेसठ सीढ़ियों की चढ़ाई कर दर्शन करने आते हैं तो कुछ दामोदर रोप वे से चढ़ते है। हमने भी डेढ़ - डेढ़ सौ रूपये का टिकट लेकर रोप वे से चढ़ कर ही माँ शारदा के दर्शन करने का निर्णय लिया। टिकट लेकर रोपवे की लाईन में लगे। भक्तों की भीड़ बहुत थी। काफी लंबी लाईन पार कर हम रोपवे की ट्रोली में बैठ गये और शारदा माता के दरबार में पहुंचे। शारदा माता के भजन चल रहे थे | रात को यहां कोई ठहरता नहीं है। ऐसी मान्यता है कि रात में आल्हा-ऊदल यहां पूजा करने आते हैं। तभी तो रोज सुबह 4 बजे जब पुजारी द्वार खोलता है तो फूल चढ़े मिलते है। दर्शन कर वापस रिसोर्ट पहुंचने में हमें शाम के साढ़े आठ बज गए। कपड़े बदलकर हम पुनः लॉन में डिनर के लिए पहुंच गए। यहां 'प्रवीण एवं तान्या' के रिसेप्शन का

मंच सजा था। हम सबने उनके साथ सपरिवार फोटो खिंचवाया। लिफाफा एवं शुभकामनाएं दीं। धन्यवाद कर हम अपने शयनकक्ष में आकर सो गए। योजना तो सुबह चार बजे वापस आने की थी लेकिन आंख देर से पाँच बजे खुली अतः सुबह छः बजे नोएडा के लिए चल पड़े। वाया चित्रकूट नेशनल हाइवे चले आ रहे थे। पुनः अलसाई आंखों ने देखा तो राजीव की फोर्चूनर एक सौ बीस की स्पीड पर इटावा के निकट दौड़ रही थी। हमने स्पीड कम करवाई। साइड में एक रेस्तरां में आलू पनीर के पराठे एवं चाय के साथ नाश्ता किया। यहां चाय में चीनी भरपूर थी। दूसरा हाल्ट हमनें आगरा टोल प्लाजा के पास किया। इस प्रकार शाम को लगभग 5 बजे हम नोएडा अपने घर वापस आ गए। बच्चों ने अपने दोस्त प्रवीण कुमार पांडेय की शादी का आनंद लिया और हमें लगा कि हम तीर्थ यात्रा कर आए।

*

23

बैंगन नहीं खाऊँगा

(एक हास्य कथा)

फाल्गुन के महीने में होली मनाने निखिल आज अपने ससुराल आया था। कल्पना पहले से ही वहां थी। शाम को नाश्ता में चाय के साथ कई तरह के पकौड़े बने थे। छोटा साला पलवेंद्र जिसे प्यार से पलटू कहते थे, आवभगत में नंबर वन था। साली रागिनी नृत्य की क्लास लेती थी इसलिए शाम को घर देर से आयी।

"खाओ-खाओ, पकौड़े आप भी खाओ!" निखिल ने छोटे साले पलटू से कहा।

"नही जीजाजी, पहले आप खाओ। बस थोड़े से आलू और पनीर के छोड़ देना, मैं बाद में खा लूंगा," पलटू बोला।

"क्यों, तुम ये बैंगन, टमाटर और लौकी के पकौड़े नहीं खाओगे?" निखिल ने पूछा?

"लौकी और टमाटर मुझे पसंद नहीं है जीजाजी, और बैंगनों को तो मैंने आज तक हाथ भी नहीं लगाया।"

"क्यों नहीं हाथ लगाया बैंगनों को तुमने?" निखिल ने साले पलटू से पूछा।

"ये तो बेगुन हैं अर्थात इनमें कोई गुण नहीं है।" पलटू बोला।

तभी कल्पना के पिताजी जो सरकारी अध्यापक से रिटायर हुए थे, ने उसे टोकते हुए कहा **"ऐसा नहीं है बेटा, हम से सुनो कितने गुण हैं इनमें"** और ऐसा कहकर पिताजी ने बैंगन के गुण एवं दोष गिनाए।

"आयुर्वेदिक दृष्टिकोण से बैंगन बहुत ही गुणकारी है बेटा। यह हमारे पाचनतंत्र को मजबूत रखता है। इसमें बहुत ही कम कैलोरीज होती हैं। यह कोलेस्ट्रॉल को कम करता है। इसका रंग इसे एंटीओक्सीडेंट बनाता है। इसके छिलके में एरोविन पाया जाता है। इसमें बहुत ज्यादा फाइबर एवं पानी होता है। आइरन एवं कैल्शियम से भरपूर है। भूख को नियंत्रित रखता है। शुगर एवं वजन को भी बढ़ने से रोकता है। बैंगन कैंसर से बचाता है। मष्तिष्क का विकास करता है। एक स्वस्थ इंसान को बैंगन खाना बहुत स्वास्थ्यवर्धक है। यदि किसी को वजन कम रखना है, वह अपने भोजन में बैगन को जरूर सम्मिलित करे।"

"दोष: बैंगन को वायुवर्धक अर्थात बादी प्रकृति का होने कारण कई बार लोग इसे बेगुन भी कहते हैं। पथरी (स्टोन) को बढ़ाता है। अत: पथरी के मरीज को बैंगन और इस तरह के बीजों वाली सब्जियों से बचना चाहिए।"

बैंगन के बारे में इतनी सारी विशेषताएं बताकर कल्पना के पिताजी ने अब टमाटर के बारे में बताना शुरू किया-

"टमाटर में तीनों लवक होते हैं- क्लोरोप्लास्ट, ल्यूकोप्लास्ट एवं क्रोमोप्लास्ट इन्हीं कारणों से यह हरा, पीला एवं लाल होता है। इसमें लाइकोपैन होने के कारण यह इतना लाल सुर्ख होता है। तमाम सब्जियों के साथ मिलाकर खाया जाता है। 100 ग्राम टमाटर में केवल सौ कैलोरीज है, अत: यह वजन कम करने में सहायक है। यदि आपको वजन कम रखना है तो सलाद के रूप में टमाटर सम्मिलित करना चाहिए। इसमें सोडियम एवं फाइबर है। एंटी ओक्सीडेंट होने के कारण

त्वचा में चमक लाता है। प्रोस्टेट कैंसर को रोकने में सहायक है। इसमें उपस्थित विटामिन सी, ई एवं ए. फोलिक एसिड बढ़ाते हैं अतः गर्भवती महिलाओं को अक्सर टमाटर खाने की सलाह दी जाती है। टमाटर में विटामिन 'ई' भी होता है जो खून को पतला करता है। कोलेस्ट्राल कम करता है। रक्तचाप एवं डाइविटीज के रोगियों को टमाटर खाना बहुत ही हितकर है।"

"दोषः पथरी के रोगियों को टमाटर खाने से बचना चाहिए।"

अब इसके बाद कल्पना के पिताजी ने निखिल को लौकी के गुण बताए "लौकी बाजार में आसानी से मिल जाती है। इसकी प्रकृति शीतल है। इसे हम आसानी से पचा लेते हैं। इसमें 90 प्रतिशत पानी होता है। शुगर, डायबिटीज एवं पेट की जलन को कम करती है। उच्च रक्तचाप, पेचिस आदि से छुटकारा दिलाती है। कोलेस्ट्रॉल कम कर हृदय रोग में यह रामबाण औषधि का काम करती है। यह हृदय को स्वस्थ रखती है। हार्ट अटैक जैसे खतरे को कम करती है। विटामिन-सी एवं एंटीओक्सीडेंट होने के कारण यह त्वचा में चमक लाती है और बालों को सफेद होने व झड़ने से रोकती है। फाइबरयुक्त होने के कारण यह कब्ज व पेचिस में आराम दिलाती है। बहुत लोग इसका उपयोग सब्जी, रायता, जूस, हलुआ, मिठाई, आदि के रूप में करते हैं, आप भी लोकी खाया करें। छोटे बच्चों को लंबाई बढ़ाने में भी सहायता करती है।"

अब निखिल को नींद आने लगी थी और सब अपने-अपने बिस्तर पर सोने के लिए चले गए। अब अगले दिन सुबह नाश्ता, दोपहर में लंच और शाम को पूजा कर होलिका दहन होना था। विश्नोई चौराहे पर होलिका सजाई गई थी। तमाम उपले-कंडे, लकड़ी आदि का बड़ा ऊंचा ढेर जमा हो गया था। लड़कियों ने गोबर के बुरकलों की माला चढ़ाई थी। महिलाओं ने तरह-तरह के पकवान

बनाकर होलिका मैइया को अर्पित किये। लाल कलावा चारों ओर से बांधा गया। और रात को आठ बजे ग्राम वासियों की भीड़ जमा हो गयी। किसी के हाथ में गन्ने तो किसी के हाथ में गन्ने में बंधे चने के होले और गेहूं की बालि थी। पंडित लीलाधर शास्त्रीजी ने होलिका दहन के लिए अग्नि लगाई और होलिका मैया की जय के जयकारे गूंज उठे।

पंडित जी ने होली के पर्व से जुड़ी दो-तीन बातें बताई। एक तो उन्होंने कहा कि इस समय रबि की फसल पकने के लिए तैयार रहती है। इस संदर्भ में किसान अपने खेत से गन्ना, गेहूं, चना आदि अग्नि देव को अर्पित करते हैं और कामना करते हैं कि हे अग्नि देव हमें अच्छी उपज देना।

पंडित जी ने दूसरी बात यह बताई कि होली प्रेम का त्योहार है। इस पर रंग-गुलाल लगाकर हम एक दूसरे से मजाक करते हैं और गिले-शिकवे दूर करते हैं।

उन्होंने एक पुरानी किवदंती भी बताई कि भक्त प्रहलाद को उसके पिता हिरणाकश्यप मरवाना चाहते थे, क्योंकि हिरणाकश्यप स्वयं को सबसे बड़ा मानते थे। मारने के उद्देश्य से हिरणाकश्यप ने अपनी बहिन होलिका की

सहायता ली। होलिका अग्नि रक्षक चुन्नी ओढ़कर अपने भतीजे भक्त प्रह्लाद को गोद में लेकर अग्नि के बीच बैठ गयी। लेकिन ईश्वर की कृपा से तेज हवा चली।अग्निरक्षक चुन्नी पलटकर भक्त प्रहलाद के चारों ओर लिपट गई। होलिका जल गई और भक्त प्रह्लाद बच गये।

अगले दिन सुबह से ही रंग का दौर शुरू हो गया। अंदर चाय के साथ पकौड़े थे तो बाहर ठंडाई बनाई गई थी।

कल्पना के भाई पलटू ने निखिल को खूब गुलाल लगाया। पता भी नहीं चला कि किसी ने रंगीन पानी से भरी हुई बाल्टी ही बैठे हुए निखिल के सिर पर उड़ेल दी।

आंखों से पानी हटाते हुए निखिल ने देखा तो सामने कल्पना की छोटी बहिन रागिनी थी और जोर से नाचते हुए कह रही थी- **"जीजा जी होली है।"**

अब धीरे-धीरे निखिल का सिर भारी होने लगा था। आँखो के सामने कुछ-कुछ अंधेरा-सा भी महसूस हो रहा था। ऐसा लगा कि निखिल ने जो ठंडाई पी थी, उसमें पलटू के दोस्तों ने भांग मिला दी थी और भांग का नशा निखिल पर असर करने लगा था। निखिल अब कुछ अजीब सी हरकतें करने लगा था। बाहर ढोल बज रहा था और निखिल के दोस्तों की चंडाल-चौकड़ी अब उसे बाहर ले आई थी। निखिल चंडाल-चौकड़ी के साथ जमकर नाचा।

*

24

नामर्द पति

(एक पारिवारिक कहानी)

कोर्ट में दीप्ति के साथ आज दूसरी तारीख पर उसकी माँ - पिताजी, भाभी एवं बड़ी बहन थी, जबकि दूसरे पक्ष दीप्ति के पति मंजेश की ओर से उसके पिताजी, फूफाजी, छोटे मामाजी, एवं बड़े जीजा जी थे। एक ओर कोने में मुहं पर मास्क लगाये स्वयं मंजेश खड़ा था।

कोई तीन माह पूर्व लड़की पक्ष के वकील अजय गहलौत ने पूरा ग्राउंड बनाकर डाइवोर्स केश की फाईल तैयार की थी। दीप्ति तीन महीने पूर्व से ही

अपनी माँ के घर रही थी। सम्मन मिलने पर दोनों पक्ष तीन माह पूर्व पहली तारीख पर कोर्ट में आये थे।पति मंजेश के वकील सतवीर दोपियाजा ने पहले ही कह दिया था कि-

कोई आरोप नहीं टिकने दूंगा, चुटकी में सारा केश खारिज करा दूंगा। एडवोकेट सतवीर दोपियाजा नाम है मेरा, यूनिवर्सिटी ऑफ एक्सीलेंस से एल एल एम किया है मैने। अच्छे-अच्छे वकील थर्राते हैं मेरे नाम से। जज भी फैंसला सुनाने से पहले दो बार देखते हैं मेरी ओर। लेने के देने पड़ जायेंगे लड़की वालों को। उल्टे झूठा मुकदमा लिखवाने के चलते आई पी सी की धारा 500 के साथ-साथ 120 बी, 191 और 506 लाद दूंगा।

पर उस वक्त कोर्ट में सारा माजरा ही बदल गया था जब दीप्ति के अपने वकील अजय गहलौत द्वारा केश शीट में लिखे गये सभी आरोप जज के सामने स्वयं दीप्ति ने ही एक-एक कर अस्वीकार कर दिये थे। दीप्ति के वकील अजय गहलौत ने फीस की ऐवज में दीप्ति के पिताजी से क्लेम की आधी रकम तय की थी। वह रकम क्लेम मिलने के समय देनी थी। दीप्ति के अपने ही आरोपों पर मुकर जाने पर कोर्ट में अजय गहलौत पसीना-पसीना हो गया था। जितना अधिक हर्जाना बनता, दीप्ति के वकील को उसी के अनुपात में फीस मिलती। अतः वकील चाहता था कि क्लेम की रकम अधिक से अधिक वसूली जानी चाहिए। पर दीप्ति के स्वयं अपने ही आरोपों से मुकर जाने पर वकील अजय गहलौत असमंजस में पड़ गया था। दीप्ति डाइवोर्स लेने की जिद पर तो अडी थी, लेकिन उसने अपने वकील द्वारा लगाए गए चार्ज जैसे ससुर द्वारा दहेज की माँग करना, नन्द एवं सासू द्वारा मिट्टी का तेल छिड़क कर मारने का प्रयास आदि नकार दिये थे। भारतीय दंड संहिता की धारा 304 B, 498 A कोर्ट में नहीं टिक सकी। मंजेश पक्ष के वकील सतवीर दोपियाजा गर्व से चौड़ा हो गया था। दीप्ति के वकील एवं परिवार के लोग एक-दूसरे की बगलें झांकने लगे थे।

और अदालत मुल्तवी कर दी गई थी। कोर्ट से बाहर आते हुए वकील सतवीर दोपियाजा मंजेश के परिवार वालों से कह रहा था कि -

देखा ! लड़की ने वकील सतवीर दोपियाजा का नाम सुनते ही कैसे सब चार्ज वापस ले लिए ?

* * *

आज दूसरी तारीख पर मंजेश के वकील सतवीर दोपियाजा ने गर्व से चौड़ा होते हुए दीप्ति से पूछा था कि -

हाँ तो मोहतरमा, जैसा कि पिछली तारीख पर आपके बयानों से ज्ञात हुआ कि आपके वकील द्वारा लगाए गए सभी आरोप सरासर झूठ हैं, तो आप डाइवोर्स क्यों लेना चाहती हो ?

वकील के दो बार पूछने पर भी कुछ नहीं बोल पाई थी दीप्ति और जब जज ने पूछा था तो अदालत में सन्नाटा छा गया था। तब दीप्ति ने जो आरोप लगाया वह सीधे-सीधे उसके पति पर व्यक्तिगत हमला था। पूरे कोर्टरूम में सब एक दूसरे का मुंह ताक रहे थे। दीप्ति ने कहा था कि:-

उसका पति मंजेश नामर्द है !

अदालत मुल्तवी कर सुनवाई की अगली तीसरी तारीख मुकर्रर कर दी गई। दोनों पक्ष अपने-अपने घर चले गए थे।

* * *

मंजेश की माँ को तो तब पता चला, जब अदालत से घर आने के बाद अगले दिन उसे मंजेश के पिताजी की जेब से वियाग्रा मिली। बुरी तरह झल्लाई थी मंजेश के पिताजी पर-

बेटे का घर टूटने को तैयार है, इस उमर में इस साठ साल के आदमी को जवानी चढ़ रही है।

अरे क्या हुआ भागवान ? मंजेश के पिताजी ने पूछा।

ये दवाई लेने की किसलिए जरूरत पड गई है इस उमर में ? मंजेश की माँ ने पूछा।

अरे ये अपने लिए नहीं, तेरे बेटे के लिए लाया हूं।

नामर्द है मंजेश ! मंजेश के पिताजी ने मंजेश की माँ से कहा।

दिमाग तो ठीक है आपका, क्या अनाप-शनाप बोल रहे हो ? मंजेश की माँ बोली।

मेरा दिमाग तो ठीक है, लेकिन उसे कौन बताए जो ये सब कोर्ट में कह रही है।

तो क्या ये दीप्ति ने बोला है आज कोर्ट में ? मंजेश की माँ बोली।

हाँ ! यही कहा है दीप्ति ने आज, कि मंजेश नामर्द है।

* * *

दो-चार दिन बाद ही मंजेश के पूरी कालोनी में यह बात हवा की तरह फैल गई थी। यद्यपि कोरोना को बीते कोई तीन साल बीत गये थे, लेकिन मंजेश अपनी ही कालोनी में मास्क लगाकर निकलता था। साथ के लड़के मजाक बनाने लगे थे। अब मंजेश ने सबसे दूरी बनानी शुरू कर दी थीं। लड़कों की बात तो जो थी, थी ही, पर अब तो कालोनी की महिलाएं भी गली-मौहल्ले के कोनों पर चुपके- चुपके तरह-तरह की चर्चाएं कर रही थी।एक दो बार पडौसी महिलाओं ने आकर मंजेश की माँ से भी कहा-

आजकल तो एक से बढ़कर एक डॉक्टर हैं मंजेश की माँ। मंजेश का किसी ठीक डॉक्टर से इलाज क्यों नहीं करा लेते। कुछ तो यूँ भी कहती कि बेटी तो दीप्ति को गई भी है पर बेटा तो पता नहीं किसको जाएगा ?

लगती तो बड़ी सीधी-सादी थी, लेकिन ये तो पूरी चालू निकली। जब आदमी नामर्द है, तो ये दो-दो बच्चे किससे कराये। हो ना हो पीहर में किसी से कोई चक्कर हो।

इस तरह की बातें केवल मंजेश की कालोनी में ही नहीं बल्कि सुगबुगाहट दीप्ति के परिवार में भी चलने लगी थीं।

मंजेश के पिताजी कुछ मर्दाना ताकत बढ़ाने वाली दवाओं का पता कर रहे थे। दीवारों पर लिखे इश्तिहारों को ध्यान से देखने लगने लगे थे।उनका ध्यान कभी एनर्जी- थर्टी वन, तो कभी अन्य मर्दाना शक्ति वर्धक दवाइयों की ओर जाता। कभी-कभी बाजारों के चौराहे पर मजमा(भीड़) लगाकर प्राचीन तेल बेचने वालों से भी कुछ-कुछ खरीदने लगे थे।

उस रोज मंजेश हर के घर धन्ना धोबी आया था। कपड़े देने के बाद मंजेश के मम्मी-पापा से मंजेश के बारे में बात करने लगा। उसने मंजेश के पिताजी से एक खास दवा का नाम बताया और कहा कि -

साहब मेरी मानों तो ये दवा दिलाओ मंजेश को, शायद फायदा हो जाये, इसमें शिलाजीत और स्वर्ण भस्म भी है। मैने खुद आजमायी है।

तभी उसकी धोबिन ने कहा कि -

नहीं जी, कोई खास असर नहीं होता इससे भी।

सब एक दूसरे का मुँह ताकने लगे। वह फिर आगे बोली -

दवा ही सब कुछ थोड़े ही करती है, कुछ कोशिश बहू को भी तो करनी चाहिए।

धोबिन, तुम कहना क्या चाह रही हो ? अब मंजेश की माँ ने पूछा।

धोबिन आगे बोली- **कोई औरत अगर आते ही पति से लड़ पड़ेगी या दुनिया भर के सवाल - जबाब करेगी तो उसका पति मर्द कैसे बचेगा। अच्छी तरह से खाना खिलाकर उससे प्रेम से बात करेगी तो हो सकता है कि मंजेश को दवा की जरूरत ही ना पड़े। आदमी तो भगवान ने फालतू टाइम में बनाएं हैं। एक औरत ही तो जिसे भगवान फुर्सत में बनाता है। पृथ्वी पर औरत की रचना ही भगवान की सबसे बड़ी कारीगरी है।**

*   *   *

दूसरी तारीख पर आज जज ने दोनों का मामला मध्यस्थता शेल को दे दिया था कि वह संबंधों के भविष्य में साथ रहने की गुंजाइश टटोले। मध्यस्थता शैल की एक सदस्य मंजेश की ही कालोनी में रहती थी। उसने अनौपचारिक रूप से आर डब्ल्यू ए के पदाधिकारियों को केश सुलझाने के लिए सिफारिश की। कालोनी के आर डब्ल्यू ए पदाधिकारियों ने सुनवाई के लिए एक दिन निर्धारित कर दोनों पक्षों को बुलाया। बंद कमरे में सामने की मुख्य कुर्सी पर आर डब्ल्यू ए अध्यक्ष एवं अन्य पदाधिकारी आसीन हुए। बांयी ओर लड़की पक्ष यानि कि दीप्ति के माता-पिता एवं बड़ी बहिन थी। दूसरी ओर मंजेश के साथ उसके परिवार वाले एवं बड़े जीजा भी थे।

हाँ तो क्या परेशानी है दीप्ति जी आपको ? आर डब्ल्यू ए अध्यक्ष ने पूछा।

मेरा पति नामर्द है साहब, दीप्ति ने कहा।

अरे ये बात इतने मुँह फट तरीके से नहीं कही जाती, कुछ तो शरम कर ! दीप्ति की माँ ने दबी आवाज में दीप्ति से कहा।

अध्यक्ष जी ने मंजेश के परिवार वालों से कहा -

हाँ तो आपने कहीं मंजेश का इलाज नहीं कराया ? किसी अच्छे डाक्टर को दिखाओ, इलाज कराओ इसका।

आगे अध्यक्ष जी दीप्ति से बोले-

जब इतने दिन काट लिए तो थोड़े दिन और काट लो दीप्ति। किसी अच्छे सैक्सुओलोजिस्ट को दिखाएंगे ये लोग। वैसे भी आप अब परिवार वाली हो गई हो। पूजा-पाठ पर ध्यान दो। बच्चे बड़े हो रहे हैं आपके।

अब दीप्ति भड़क गई थी -

ऐसे पति के साथ रहकर कैसे पूजा-पाठ हो पायेगा। जो आप समझ रहे हैं वो बात नही है साहब !

दो-दो बच्चों की माँ वैसे ही नहीं बनी मैं।

शराब पीता है मंजेश।

कभी किसी बात पर पीटता है तो कभी किसी बात पर। बीयर थोड़ी कम ठंडी रह जाये तो चोंटी पकड़कर खींचता है मेरी।

सात साल में शायद ही कोई दिन ऐसा बीता हो, जिस दिन गाली नहीं दी हो इसने। माँ की बहिन की तो सुनने की आदत हो गई मुझे... पर मेरे बाप को बात-बात पर कुत्ता कहता है ये। मेरा छोटा भाई साला है इसका। इसने कभी नाम नहीं लिया उसका। हमेशा कमीना कहा है उसे।

मुझसे अब बर्दाश्त नहीं होता साहब, ये सब। कहाँ का मर्द है ये?

अपनी पत्नी से अपेक्षा रखते हो कि वह आपके परिवार की इज्जत करे..., तो सम्मान पत्नी को भी मिलना चाहिए।

केवल बच्चे पैदा करना ही मर्दानगी नहीं होता साहब...,

बल्कि अपनी पत्नी की इज्जत करते हुए उसे प्रेम करना मर्दानगी होता है..., समाज में उसके सम्मान की रक्षा करना मर्दानगी होता है।

पति के होते हुए पत्नी भविष्य को लेकर चिंतित न हो, पति की मर्दानगी वह होती है।

बच्चे बड़े होकर क्या सीखेंगे इससे?

कहने को तो हम अच्छे-अच्छे पब्लिक स्कूलों में पढ़ाते हैं अपने बच्चों को।

लेकिन क्या बच्चों की पहली पाठशाला उनका अपना घर नहीं है?

यदि घर में माँ-बाप जीवन जीने की अच्छी शैली अपनाते हों, तो हमें अपने बच्चों को प्री नर्सरी, नर्सरी या बोर्डिंग स्कूलों में भेजने की आवश्यकता नहीं है। यदि घर में अच्छे संस्कार सिखाए जायें तो हमारे

बच्चे सरकारी स्कूलों में पढ़कर भी अच्छी शिक्षा ग्रहण कर सकते हैं। जीने ये नहीं दे रहा... और मर मैं नहीं सकती... मैं मरना नहीं चाहती साहब, अब दो-दो बच्चे हैं मेरे...

कहते-कहते दीप्ति रोने लगी थी और सबकी नजरें मंजेश की ओर थीं।

मंजेश के माता-पिता की नजरें जमीन की ओर थीं और अब मंजेश के बड़े जीजा जी के सब्र का बांध टूट चुका था। खड़े होकर बोले -

अये मंजेश! मैं ये क्या सुन रहा हूँ? यहां पंचायत है तो लिहाज कर रहा हूँ, वरना घर होता तो जूतों से मारता तुझे। आज तक तेरी बहन ने कभी शिकायत की है मेरी? कुछ तो सीखा होता हमसें।

चल माफी माँग दीप्ति से!

मंजेश ने अब दीप्ति से माफ़ी माँगते हुए कहा कि -

मुझे माफ कर दो दीप्ति।

नहीं-नहीं मुझसे माफी माँगने की जरूरत नहीं है मंजेश...।

बस मेरी सिर्फ इतनी सी विनती है कि पहले हम, केवल दोनों ही थे, लेकिन अब हमारे बच्चे भी हैं। इनके अच्छे भविष्य के लिए हम क्यूँ ना हम एक अच्छी शुरूआत करें...,

एक अच्छी पाठशाला की, एक अच्छे व्यवहार की।

कहते कहते दीप्ति ने मंजेश का हाथ अपने हाथों में ले लिया और मंजेश के निकट होकर कहने लगी- **कभी-कभी पड़ोसिन समझ लिया करो ना हमें अपनी, कम से कम बात तो हंसकर होंगी। पता नहीं क्यों लोग अपनी पत्नी से हंसते कम हैं।**

वादा करता हूँ दीप्ति! "लिपस्टिक की तो कोई गारंटी नहीं पर आज के बाद तुम्हारी आंखों का काजल नहीं बिगड़ने दूंगा" मंजेश ने दीप्ति का हाथ जकड़ते हुए कहा।

मंजेश ने अच्छे व्यवहार का भरोसा दिलाया और सभी से माफी माँगी। आर डब्ल्यू ए अध्यक्ष ने दोनों परिवारों को शुभकामनाएं दीं। दोनों परिवार आर डब्ल्यू ए का धन्यवाद कर अपने-अपने घर चले गए। मंजेश के जीजाजी मंजेश के माता-पिता को भी गांव की बजाय अपने पोती-पोता एवं बहू-बेटे के साथ रहने की सलाह देकर अपने शहर चले गए।

○○○

www.ingramcontent.com/pod-product-compliance
Lightning Source LLC
LaVergne TN
LVHW100043051026
849525LV00001B/215

* 9 7 8 9 3 6 3 1 8 3 7 3 5 *